U0897011

刘 墉 给 孩 子 的 成 长 书

BU YAO WANGLE NI DE AI

不要忘了你的爱

刘 墉／著

接力出版社
Publishing House

桂图登字：20-2013-107
原出版者：台湾水云斋文化事业有限公司

图书在版编目（CIP）数据

不要忘了你的爱 /（美）刘墉著. — 南宁：接力出版社，2013.9
（刘墉给孩子的成长书）
ISBN 978-7-5448-3131-4

Ⅰ.①不… Ⅱ.①刘… Ⅲ.①散文集-美国-现代 Ⅳ.①I712.65

中国版本图书馆CIP数据核字（2013）第170385号

责任编辑：袁怡黄　　美术编辑：严　冬
责任校对：张琦锋　　责任监印：刘　冬　　版权联络：董秋香
社长：黄　俭　　总编辑：白　冰
出版发行：接力出版社　　社址：广西南宁市园湖南路9号　　邮编：530022
电话：010-65546561（发行部）　　传真：010-65545210（发行部）
http: //www.jielibj.com　　E-mail: jieli@jielibook.com
经销：新华书店　　印制：天津国源印刷有限公司
开本：880毫米×1250毫米　1/32　　印张：4.125　　字数：110千字
版次：2013年9月第1版　　印次：2022年5月第21次印刷
印数：264 001—268 000册　　定价：19.80元

目　录

第三篇　永远不变老的爱

第四篇　写给女儿：超越爱

自 序

突然发现距离我一九七三年出版处女作《萤窗小语》已经整整四十年了！

这么长的岁月，是什么力量驱使我不断写作？

我想应该是爱。

早年因为儿子离家去曼哈顿的史蒂文森高中，不放心，我开始写《超越自己》《创造自己》《肯定自己》；因为女儿渐渐长大，关心她的学习，我写了《做个快乐读书人》《少爷小姐要争气》；因为儿子进入社会，怕他不懂得处世之道，我开始写“我不是教你诈”系列。最近又由于女儿大学毕业，独自一人去欧亚旅行，怕她路上吃亏，我写了《人生百忌》。说来好笑，我甚至会因为两只飞来的野雁，而写出《啊啊》；因为抓到一只螳螂，养它，观察它，爱它，而写出《杀手正传》。

细想，那真正驱使我写作的，可不都是关怀、挂念与疼爱吗？我总因为儿女的触动产生灵感，又因为写出许多人的心声而引起他们的共鸣，再因为读者的期望而不敢懈怠。正因此，最近许多朋友问我，现在我有了孙子孙女，是不是又要为他们写几本书？

这可真问对了！或许有些读者在我的微博已经发现，我早在写一本教孩子认字的书。还有一样，则是新编的这一系列励志散文。

现在的孩子太不简单了！以前认为高中生才能懂的东西，不知是否因为网络时代智慧开得早，如今的小学生已经可以接受。最近还有位小学老师，要全班学生读我的书，再写信给我，居然个个说得头头是道，令人惊讶。正因此，我决定把过去为青少年写的各类文章，加以筛选，成为一系列适合小朋友阅读的东西，让大家的孩子，也让我的孙子孙女，能早早读到我的作品。

谢谢接力出版社，提供给我不少选文的建议，告诉我今天家长和孩子的需求，也谢谢许多热心父母的支持："我们要对孩子说的，就拜托你帮忙说了吧！"

希望这套书能对小读者们有些帮助，也盼这套书能像阶梯引导，为我招来新一代的"小粉丝"。

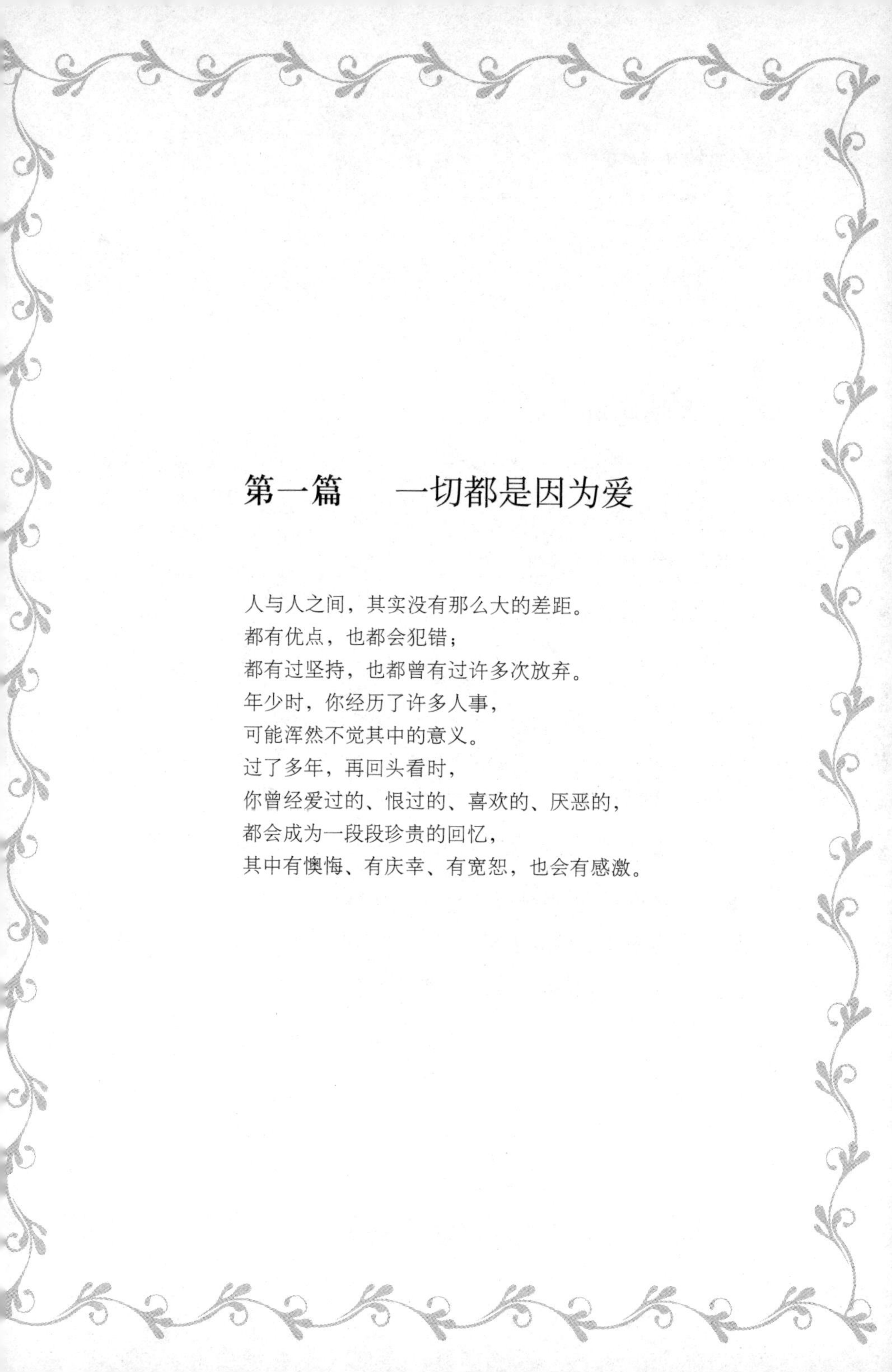

第一篇　一切都是因为爱

人与人之间，其实没有那么大的差距。
都有优点，也都会犯错；
都有过坚持，也都曾有过许多次放弃。
年少时，你经历了许多人事，
可能浑然不觉其中的意义。
过了多年，再回头看时，
你曾经爱过的、恨过的、喜欢的、厌恶的，
都会成为一段段珍贵的回忆，
其中有懊悔、有庆幸、有宽恕，也会有感激。

好老师与坏老师

我可以怨他让我英文重修，

怨他教的有错，

怨他毫无创意，怨他死死板板。

但是……

最近有两个《师大校友月刊》的女生来访问我。

“您是不是能举几位您在师大念书时，对您影响最深的老师？”其中一个女生，才坐定就问。

“噢！太多了。像黄君璧、林玉山这些大师，当然对我有很大的影响。没有他们倾囊以授，就没有今天的我。”

“那么您能不能谈谈在您记忆中印象最深刻的老师呢？”另一个女生问。

“那也太多了。”我歪着头想想，“就从大一说起吧！”灵光一闪，想到我“大一英文”的女老师。

“她上课全用英文，一句华语也不说，教得好快好快，让我如听天书。那时候，我参加了好几个社团，美术系的课又多，一星期有四十多堂，加上那几堂‘天书’，实在痛苦得要死。于是有一天，我去对英文老师说：‘教授啊！我很忙，真是没时间上英文，您能不能让我不要上？’教授愣了一下，说：‘可以啊！你以后就不用来了。’我赶紧说：‘可是您每次都点名，我不到，就成了旷课。’教授又愣了一下，接着笑道：‘那么以后我都不点你。’”讲到这儿，我问两个面前的女生，“你们说棒不棒？虽然后来我被‘死当’，但是你们知道这影响了我一生吗？”看她们不懂，我就为她们解释：

“结果我不上英文，时间比同年级的同学多得多，就专心搞社团，而且因为表现不错，升大二的那年暑假被学校派出去参加社团负责人研习会，大二就做了写作协会师大分会的负责人。我后来走上写作的路，甚至参加校外的话剧公演，并且在社团活动里认识我的女朋友，使她成为我太太，都是因为那位教授的开明。”看看她们，我问，“你们想想，如果当时她一冒火，说我非到不可，否则算我旷课，我能有今天吗？相反，我大四重修英文，隔一年进入电视台，正好把还算‘新鲜’的英文用在采访上，不是棒极了吗？”

◎

我又想到一位美术系的老师：

“当时有一位老教授，曾经当过系主任，教我们透视学，我觉得他也很伟大，即使他有些地方教错了，也还是伟大。”

两个女生瞪大了眼睛：“为什么？”

“因为他开明。”我笑笑，“我高中休学的时候，曾经自修透视学。所以老教授讲的我早都懂了，有时候还大胆地纠正他。有一天，我们两个人为了‘一点透视’及‘多点透视’争论起来，我那时候真不懂事，居然说：‘老师，不信我们拿尺到走廊里去量！’于是在一群同学的围观下，两个人在走廊里量来量去。记得那天下课之后，好几个同学走过我身边都戳我一下，说：‘小心你被宰。’”

“您被宰了吗？”

“没有！那位老教授不但没宰我，还常夸赞我，说看我走路，真有力量，好像要把生命力‘种’到地板里，还说他就爱看我走路的样子，很像他年轻的时候。”我笑笑，“信不信，学期结束，我的透视学分数大概是全班最高的？”

◎

看两个女生检查她们放在桌上的录音机，我又想起另一位教色彩学的老师。

“‘我就像是录音机。’那老师一上课就说，‘我没什么创意，我只是把我在日本留学时学到的东西，原封不动地搬来。现在写在黑板上，你们看到了吗？看懂了吗？好！现在这些学问都是你们的了，你们跟我一样了。’”我很郑重地对她们说，“我觉得这老师很伟大，他很坦白，一点不端架子，他那几句话影响我一生，我后来常想：可不是嘛，知识是最容易得到，也最不容易被人抢去的。今天你看到、听到、懂了，今天那知识就成了你的。在‘那一点’上，你就跟老师没什么差异了。这是多么平等、多么能鼓舞学生的观念啊！”

◎

说到这儿，我站起身，走到墙上挂的一幅花鸟画前说：

“你们知道吗，对我画工笔勾勒花鸟影响最大的一位老师，并不是位很好的画家。”

两个女生又睁大了眼睛。

“因为他画得很死板，他画的鸟都像死的，而且都能在系里的标本柜里找到。那时候同学一接到他发下的画稿，就跑去标本柜比，没多久就比到一模一样的东西，然后大声叫同学过去看‘死鸟’！”

“那他怎么会对您有很大的影响呢？”

“因为他教的方法都很对，他按部就班地从‘白描’教到‘重彩’，就好比小学老师，教你写字；你会写字、会造句，后来能用那些字写成好文章，文章可能比老师的好得多，但你能不感谢老师教你写字吗？如果你不会写字，又怎么可能写出好文章呢？所以今天每当我画勾勒花鸟的时候，都会想到那位教授，感谢他把最好的方法都教给了我，让我能在后来几十年的岁月里发挥。”

◎

一个多小时之后，两个女生离开了。

我一个人坐在那儿想，想那几位老师，想自己的学生时代。

哪一位老师不是好老师呢？只要你往正面想，每个老师都是伟大的。他们可能不认真、迟到早退偷懒，但是你可以想“太好了，他给我多一些自由的时间”。他们也可能很专断，但是你可以想“严师出高徒”啊！

就好比我说的那几位教授，我可以怨他让我英文重修，怨他教的有错，怨他毫无创意，怨他死死板板。

但是，当我换个角度想，却不能不说："没有他们给我机会、给我空间、给我宽容，且教导我正确的画法，我就没有今天。"

现在我把这些写出来，希望总是怨老师不好的学生能想想——

会不会你的老师也不错，只是你没换个角度想，所以没发现呢？

爱恨一念间

只要换个角度想想，
把欺侮你的人，换成你自己，
那怨恨就可能立刻成为同情，
那同情还可能化为爱的行动。

在大楼门口，看见几位邻居太太。其中一个一手提着菜篮子，一手指东指西，正激动地说事情，就好奇地听她受了什么委屈。

“我今天真倒霉。”她看到我，转身过来，“我去买菜，看见有个坐轮椅的女人，带着一个四五岁的小孩，手里捧个盒子，好像在卖东西；没人理她们，只怪我，好奇，过去瞧瞧。原来是卖铅笔橡皮的，东西不怎么样，又不便宜，我就走了。”她瞪我一眼，“你知道吗，那小女孩居然就认定我了，一路跟着我，一直问：‘你为什么不买嘛？你为什么不买嘛？’我先还好好对她说，因为阿姨不需要；可是你信不信，这小丫头不听，态度还愈来愈坏，先拉我衣服，又拉我菜篮子，大声喊：‘你为什么不跟我妈妈买东西？’我火了，对她说买不买是我的事，再不讲理我就叫警察了，那小鬼才放手。”

“那你还气什么呢？”我问。

“我觉得丧气啊！一大早，好好的情绪，被这么个小鬼搞坏了，到现在还气，没想到才四五岁就这么不讲理，将来长大了，还能不变强盗？”她铁青着脸说。

我笑笑，摇摇头：“真可怜！”

“我可怜，是吧？”那太太对我撇撇嘴。

“不！是那个小女孩。”我说，“你想想，今天如果换成坐轮椅的是你，你的女儿跟在旁边，发现残障的妈妈求大家买她的东西，都没人理，好不容易有个阿姨过来看看，心里升起一点希望，这阿姨却又转头走了。你的女儿，如果才是个四五岁的小丫头，会不会很伤心、好着急？再想想，如果你是那个小孩，会不会也急得过去拉人家，问人家为什么不买？家里穷啊！妈妈有病啊！小小的心灵，因为无助而焦急，急得不讲理了，那不是可怜是什么？”

她仰着头听，脸色逐渐缓和，缩缩脖子，又挥挥手，进电梯了。

◎

隔了才一个小时，我出去买东西回来，在大楼门口又遇见她。

“我刚才又去了一趟菜场。”她举起手里的袋子，还打开来给我看，“瞧！我跟那个小女孩的妈妈买了一堆铅笔橡皮，送你一支。”她拿出一支铅笔，“爱心铅笔！”脸上笑得如同个小太阳，与一个小时前判若两人。

◎

一念之差，可以有多大的不同啊!

令你气死、认为倒霉的事，只要换个角度想想，把欺侮你的人，换成你自己，那怨恨就可能立刻成为同情，那同情还可能化为爱的行动。

我相信那一天，她比谁都快乐。

九根手指

当一个人犯了错，

你处罚他，他反而不在乎了，

觉得已经得到应有的惩罚，而“两不相欠”。

反倒是那“该罚未罚”的宽宥，

会结出善良的果实。

我初中读夜校，大概因为晚间上课，不少老师都是兼职，常因事请假，所以总有代课老师。

有位代课老师，只教一堂就不见了，却留给我很深的印象。

那一天，他西装笔挺、满头大汗地冲进教室，显然是才下班就赶来代课。

我不记得他教得如何，只知道同学们认为他是代课的，都很不认真，有个同学在下面偷看漫画书，被老师发现，把书没收了。

但是另一个顽皮的同学，下课后悄悄跟着那老师到办公室，再趁老师不注意，把漫画书偷了回来，物归原主，获得全班英雄式的欢呼。

就在这时候，那老师走进来。

教室的空气突然凝固了，大家原先以为他只代一堂课，不会回来，这下子非有人倒霉不可。

那偷书的同学更吓得脸色惨白，因为他已经被记了两次大过，这下偷老师东西，非勒令退学不可。

代课老师进来盯着大家，脸色通红，一句话也没说，看得出他在压制满腔的怒气。

突然，他举起两只手，沉声问，“几根手指？”

“十根！”同学们答。

“不！”代课老师重重地说，“九根！”

没有人懂，也没人敢吭气。

“应该是九根！”代课老师一个字一个字地说，“我像你们这么大的时候曾经做小偷，一次次被抓，都因为没成年，被放了。最后一次，警察实在气了，要切掉我一截小指头，一方面给我惩罚，一方面使别人以后看到我少一截指头，能防着我。就在我哭着喊着的时候，那被偷的人突然改口说他记错了，应该是他自己不小心把东西掉在路上被我捡到。警察显然不信，但是又装作相信，把我放了。”说到这儿，他重重叹了口气，看着自己伸出的十指说，“所以我本来应该只有九根手指，是被我偷的那个人放了我。我后来常想，如果我当时被切了一截手指，我可能自暴自弃，成为江洋大盗。但是他们原谅了我，明明可以罚我，却宽恕了我。我既羞愧又感激，痛改前非、加倍努力，而今成为一个公司的主管。”

说完，他一转身，走了出去。

◎

看台北的《中国时报》，杨素静老师写的《忏悔娃娃》。

她在教美劳的时候，有个学生拿来作品，一看就不是学生自己做的。

她正要发作，但是突然想到自己初中二年级时，有一回班上规定做布娃娃，大家统一购买材料，她想做得更好，自己跑去艺品店找。

材料没找到，却看上一个戴着宽边帽还牵着小狗的大眼睛布娃娃。她爱不释手，居然买回那个做好的娃娃，而且硬着头皮当成自己的作业交给老师。

老师显然一眼就看出来了，但是“大智若愚”，没拆穿。这却成为一个羞愧的记忆，留在杨素静的心底。

于是她也原谅了那个学生。

◎

无独有偶，才读完杨老师的文章，就看到一则电视新闻：

某初中毕业班的老师，因为一个女生上课打手机，把手机没收。

几个跟那女生要好的男生过去为女生说情，愈说愈急，居然动手抢，甚至打了老师。

老师受伤了，但是没立刻发作，他忍着，直到第二天毕业典礼，那几个打他的男生拿到毕业证书，才把事情说出来。

原先认为因此不能毕业而忐忑不安的学生，终于痛哭流涕地向老师忏悔。

◎

接到受刑人游嘉宏写的小说，厚厚一本，字体工整得像刻的一般。原来那是本传记，写他生在黑道家庭，在黑道中挣扎的往事。

令我印象最深刻的，是他回忆少年时犯罪，被裁付保护管束的一段。因为他的文章写得极生动，我将原文照录——

“刑法”规定，“裁付保护管束”的少年，固定每月向“法院”特定的观护人签名报到接受询问，岂知第一次找观护人报到时，我就和“她”发生口角争执。

她，是个二十七八岁的小姐，一见面劈头就骂：“你年纪轻轻不学好，将来要当社会的败类吗？”

初时我吓了一跳，但为了面子，我一脸不屑地反驳说：“我当社会败类又关你什么事？”

她听完很生气地从椅子上站起来，怒气冲冲地指着我的鼻子严厉地说：“我有权力撤销你的‘保护管束’，你不知道吗？”

我心里想：当然知道，我为什么不知道？我又不是白痴！却还是死鸭子嘴硬地顶说：“那你把我抓去关啊！”

硬着头皮说出这句话时，我着实紧张得捏了一把冷汗！看着“法院观护室”里所有大大小小错愕的眼神正对我们行注目礼的尴尬场面，她皱皱眉又坐回椅子上，然后语气和缓地对我说：“如果你被关进牢里，这辈子就完蛋了，你明白吗？”

听她语气缓和下来，我红着眼眶委屈地回答：“谁叫你刚刚对我那么凶！”

她听完忽然沉默，也许是我的眼神泄露了我的脆弱和心事，她开始以温柔的语气告诉我：“以后记得每个月来找我报到，我有权力知道你的生活作息……”话说到这儿，忽然压低声音对我说，“刚刚我不应该对你那么凶，是我不对，我向你道歉……”

当我迷惑不解正要走出观护室咖啡色的双扇门时，身后又传来她再次的叮咛：“记得来找我报到！”我转过头回她一句：“知道啦，你比我爸还啰唆……”就笑着飞奔而去。

我常想，是什么样的因缘，让这两个原本毫不相识的陌生人，在同一个屋檐下相聚且相互关怀？在我当时的观念逻辑中，这就像“天方夜谭”般荒谬且离奇！难道，这又是老天爷开的一个玩笑？只是，从这个玩笑当中，又有谁能够体会出每个孩子，其实都有一颗敏感又脆弱的心呢……

◎

游嘉宏在那之后虽然还是无法离开黑道，甚至成为枪击要犯，但是而今痛改前非，以初中都没毕业的程度，居然写出六本散文和小说。

读他的作品，我好像看见一个涉过泥塘，终于摘取一枝清莲的孩子，所以我常写信给他，鼓励他，也给他一些写作的建议。

我发现在他心灵的深处，有恨有愧有悔。恨的是他从小身处的黑道环境，愧的是对他的父母和恋人，悔的是他犯下的种种错误。

而在那字里行间，我印象最深的还是他写少年观护人的这一段。

游嘉宏虽然没有因为那观护人的宽容而立刻改正，但是观护人的每一句话、每一个举动，都深深印在他的心上，甚至成为他后来“向善”的动力。

正如游嘉宏在信里说的：“我并非十恶不赦，因为我本善良。”

当一个人犯了错，你处罚他，他反而不在乎了，觉得已经得到应有的惩罚，而“两不相欠”。反倒是那“该罚未罚”的宽宥，常会像是种子，留在他心中，生出根、长出叶，萌发成长，有一天结出善良的果实。

早餐的温馨与苍凉

当我用双手握着，
闭上眼睛，咬下去，
还能看见草房里的晨光，
以及……我死去的亲爱的妈妈。

酸豆汁儿

太太和女儿第一次去北京，好多亲戚抢着请吃饭，连早餐都不准我们在旅馆用免费的，坚持要带去吃点正宗“京味儿”的点心。

餐馆的名字忘了，大概叫什么“老北京”吧！古色古香，晨光斜斜射进来，桌子上显得坑坑洼洼，四周腾腾的汤水蒸汽、肩上搭着白毛巾的跑堂儿穿梭，好像电影里的场景。

先上茶，又端来几盘小烧饼，女儿正伸手要拿，亲戚说别急，等会儿配着“汁儿”吃，免得口干。正说呢，就上来几碗绿绿白白豆浆似的汤水。小丫头问是什么，亲戚说：“好吃极了，你以前一定没吃过，人间了不得的美味。”一边说一边拿起照相机，说要留

个纪念。

小丫头对镜头笑笑，端起碗，才啜半口，啊的一声又吐了回去。闪光灯亮，半桌亲戚笑得前仰后合：“成！拍到了精彩的画面，没白来这一趟。”

北京人的促狭，我早领教过。小时候，有天早上，父亲一个姓袁的晚辈，神神秘秘地提了桶东西来，我姥姥先舀了一碗，躲回她房间偷偷喝。我娘尝了一口，说真是家乡味儿。我爹更妙，居然坐在桶子前连灌了两碗。看我出来，姓袁的大哥哥赶紧给我盛了一碗，说：“小兄弟，非尝尝不可。”

跟我女儿一样，我那天也才喝半口就吐了出来，而且拿着碗往水槽冲，说东西坏了要倒掉，却被我老妈抢下来，骂我暴殄天物，我不喝她喝。

那碗又浓又绿、又酸又臭，活像猪潲水的“酸豆汁儿”，我一辈子也不会忘。

馓子

女儿后来说，那“酸豆汁儿”真恶心，但旁边放的一盘小油条，细细的、脆脆的，挺不错。

我说那叫“馓子”，跟油条一样是炸出来的，也是我小时候的最爱。

记得有一阵，每天我的早餐都吃馓子，偶尔还带着上学，只是馓子又酥又脆，带到学校常已经碎得不成样子，更糟糕的是，只要掉在本子上，就留下油渍，害我被老师骂。

馓子是附近的馓子爷爷做的，据说他以前在东北干过铁路站站长，到台湾走投无路，只好卖炸麻花和馓子。

父亲大概知道他的出身，对他很尊敬，每次听见他的沙哑嗓子喊“馓子！麻花！”都亲自出去跟他买，还总要聊聊天。日子久了，馓子爷爷干脆每天按时把馓子送上门，笑说我们家是包饭的。

我喜欢吃馓子，因为它不像麻花那么粗粗硬硬，而能够一小丝、一小根地往嘴里塞。上课时偷吃，甚至不用嚼，只要抿着嘴，那小条儿自然会软化。我也喜欢吃新炸馓子的感觉，张开大口咬下去，就听咔啦咔啦一部分入了口，一部分向四方坠落，最后把坠落的拢在一处，倒进嘴里，别有一番乐趣。

也记得父亲曾带我穿过泰顺街又长又窄、满地泥泞的违建区小巷，去看馓子爷爷。小小只容一张床和一口锅的屋子里，四壁贴满报纸，中间坠下一个小灯泡。馓子爷爷请我跟父亲在床上坐，接着又要我们把腿抬起来，从床底下拉出个大盆，里面全是油面。只见他把面不知怎的左拉右拉，有点像做拉面，扯出一丝一丝的面条，再用长筷子夹住两头，往热油锅里一放，而且在进锅的瞬间把筷子一绞，那面条就纠缠起来。再出锅，已经是酥酥脆脆的馓子。

我九岁，父亲去世后，就不曾再吃过馓子。最后一次是在父亲的病床前，馓子爷爷送了一大包去，父亲摇摇手，示意母亲和我吃。我们就各在腿上垫张报纸，我不记得自己是怎么吃完的，只记得母亲咬一口，馓子散了一报纸，还滴滴答答地不停，是母亲的泪水。

稀饭、肉松

这两年坐“华航”，最爱他们的中式早餐，稀饭、酱瓜、肉松。我每次都很干脆地把肉松唰的一下，全倒在稀饭里，拌成一碗肉松稀饭。

这动作让我觉得很温馨，因为想起小时候父亲都为我这么做，说热稀饭加上肉松就不那么烫嘴了。有时候我还喊烫，父亲则会拿来另一个空碗，为我把稀饭倒进去，搅一搅，再倒回来。果然稀饭就不烫了。

父亲住院那半年，我早上还常吃稀饭和肉松。但母亲在医院，由姥姥带我，她小气得多，于是我过去只见肉松不见稀饭的“肉饭”，变成漂着几丝肉松的“白稀饭”。尤其当表弟们来，我发现姥姥给他们的肉松比给我的还多，为此，我哭着用注音符号写了封信去医院告状。母亲收到了，居然没说什么，好像觉得理所当然。这事令我不解了许多年，也愈使我怀念父亲为我倒肉松、换碗的画面。

女儿小时候，有一天全家出去用餐，女儿喊汤太烫。我立刻想起父亲的肉松稀饭，于是也叫人多拿个空碗，为女儿折来折去。没想到坐在一旁的儿子居然说：“天哪！怎么会这么娇？好过分哟！”

儿子从来没吃过妹妹的醋，这是唯一的一次。但说实话，每当我想起那一幕，都有些沾沾自喜，然后忆起逝去近四十年的父亲，感受他为我倒肉松稀饭时，爱在心头的温馨。

糍粑

父亲去世后才三年，家里就失火，母亲和我只好在废墟上搭了个草顶的木板房子。那时我上大同中学夜间部，常在母亲买菜回来时才起床，也可以说被她叫醒。母亲总是先把床边的木板窗用棍子撑起来，再递给我一个糍粑，说："趁热吃！别硬了。"

那糍粑是她在温州街街口的骑楼下买的，我曾跟去看过，是位白发老头儿在卖。他先在左手放块潮潮的白毛巾，接着打开一个木头箱子，舀出许多糯米饭在毛巾上，压成扁扁一片，再撒些糖和肉松，把半根油条放下去，双手一合，隔着毛巾将糯米团在一起，就成了个糍粑。

我最喜欢一早坐在床上，从母亲手里接过糍粑的感觉。糍粑包在芋头叶子里，拿在手上，凉凉的也热热的；打开叶子，在那翠绿之间，有着半透明如羊脂白玉的软中带脆、咸中带甜的糯米饭团。

近几年回台，又有机会吃到糍粑，只是样子不同了，以前梭形的，现在成为长长一根；绿绿的叶子则换成塑胶膜，只是当我用双手握着，闭上眼睛，咬下去，还能看见草房里的晨光，以及……我死去的亲爱的妈妈。

豆浆

我小时候多半喝牛奶，早期父亲为我买克宁奶粉；父亲死后，母亲从教会领取脱脂奶粉；后来没有了，又有澳大利亚一大包一大包的廉价奶粉。真正开始喝豆浆，是在受训的时候。

早晨总有豆浆、馒头、稀饭、酱瓜和咸鸭蛋，每个人都盯着那切成两半的咸鸭蛋，猜哪一半里的蛋黄比较多。盛稀饭也有讲究，要往深处捞，才稠；至于馒头，如果来不及，可以藏起来，出操饿了的时候偷偷咬两口。

受训时我学到不少——有时候被叫去帮伙夫剥蛋壳，很明显地感觉有些蛋放太久了，蛋清已经脆弱得像烂豆腐。有时上司来巡视，盘中的菜肴能一下子大大改观。出操中间休息的时候，我常去“营福利社”买鲜奶，全是附近农场的产品，稀如水。但是中午时间较多，如果跑到较远的“团福利社”买正牌的，就浓太多了。

最让我难忘的是豆浆，每天早上一小盆放在桌子中间，望下去常能见到盆底的沙。但是有一回排长先吃完，临走，把他们喝剩的豆浆递给我们这一桌。那豆浆只剩不到半小盆，但是多浓啊！浓得不见底。

至今，每回我喝豆浆，不知为什么，都会想起受训时的那盆长官的豆浆。

火腿

一九七八年，我提着两个重重的箱子到了纽约，从来“远庖厨”的我不得不自己料理。笨人有笨方法，我总是盛半锅水，扔下几只鸡腿，等炖烂了，把鸡骨头夹出来，再撒下一把米和盐，隔不久就煮成一锅鸡肉稀饭，连嚼的力气都省了。

但令我最难忘的是早餐，一方面因为晨起的乡愁特浓，一方面因为那早餐的“凉”。我总去超级市场买大块带骨的热火腿，多半是弗吉尼亚州的产品，用厚厚的塑胶袋装着，口上还缠着铁丝。我不放进冰箱，以免冻得太硬。于是晨起，只要拿出火腿，切下一大块，再倒杯牛奶，就能解决半日的民生。

总记得第一年的冬天，我常坐在窗前，一边看凛冽的北风把冰雪和黄叶吹贴在窗玻璃上，一边吃我清冷的早餐。有一阵子我感冒了，想必是滤过性病毒，每天一睁眼就腹痛如绞，往厕所奔，只有坐在热水澡缸里，才能暂时止痛。可是房东供应的热水有限，常放一半，就成为冰水，腹痛就更惨上加惨。

那时候，我早上泻完肚子，必定多吃半块火腿、多喝一杯鲜奶。我自己告诉自己，一个人在外不能病，泻肚子损失了，一定要立刻补回来。我也不断服用从台湾带去的抗生素，那种一头红、一头黑的胶囊，只是三个多礼拜都没好，不得不去看医生，这才知道是肠胃性的病毒，应该尽量吃清淡的东西，绝不能碰火腿和鲜奶。

我总忘不了那个冬天，忘不了一人坐在澡缸里忍着腹痛，忘不了冰凉的火腿和鲜奶。而今，我早餐拒吃这两样东西，尤其是旅行途中，因为我怕寂寞、怕乡愁、怕那段寒冷伤痛的回忆……

☘ 不要忘了你的爱

会不会那些对安妮有感动的年轻人，
也像演员、歌星、公众人物的“迷恋者”，
他们注意自己偶像的一举一动，
反而忽略了自己的家人。

“9 · 21”大地震的第二天，由纽约打电话，问候台湾的朋友。

“大停电，没灯，没冷气，没冰箱，没电视，一家大眼瞪小眼。”朋友在那头先叹气，但是接着又笑了，“不过，有个好处。”

“还有好处？”

“是啊！我发现儿子长高了。”朋友笑道，“没电，只好点蜡烛，儿子拿着蜡烛，我看见墙上好大个黑影，吓一跳：‘天哪！你多高啦！来！跟老子比一比！’这一比，才发现，他快赶上我了。平常坐着吃饭，吃完饭又坐着看电视，没注意他，真没想到，一下子，儿子长高那么多。”

◎

一家人参加旅行团，去加拿大的新斯科舍和爱德华王子岛玩。

从纽约坐飞机过去，不到一个钟头。既然距离不远，景观也就跟纽约相差无几，有些码头和住宅区跟我家附近简直没两样。

“早知道，我也办个旅行团了，专带人游览我家附近的老磨坊、渔港和湿地，说不定还能招不少人呢！”旅行结束，我开玩笑地对导游说。

“是啊！”他居然很认真，“你当然可以办，只要你把你家附近的名胜典故背一背，像我一样，到每个地方，为观光客介绍一下，就成了！”

◎

一九九九年十月二十九号，纽约的扬基棒球队，打败劲敌亚特兰大的勇士队，以四连胜获得全国冠军。

在曼哈顿，扬基队举行了盛大的游行，成千上万的球迷穿着印有扬基队标志的衣服，脸上涂着五颜六色的油彩，站在路边的车顶上，又跳又叫。

有记者问他们为什么那么兴奋。

“当然兴奋！我们每天看他们赢，好像我们自己赢。”

◎

相反，肯尼迪总统的小儿子，小约翰·肯尼迪驾飞机失事了，成千上万的美国人都落下了眼泪。

电视上也播出记者的访问，问大家为什么这么激动。

“因为我们在当年肯尼迪的葬礼上，看见他，才那么小，坚强地举起小手，向他父亲敬礼、告别。”受访者说，“我们看着他长大，他好像我们的家人。我们了解他，关心他，觉得他总在我们身边。”

◎

一个老学生听说我喜欢新派导演基耶斯洛夫斯基的电影，特别买了一整套基耶斯洛夫斯基的《十诫》给我。

我好兴奋，带回纽约，太太看见也好高兴。

可是，她每次去图书馆，照样借公家的录像带。又因为急着还，迟了就罚钱，我们总是先看那些借来的。

三年了，基耶斯洛夫斯基的那套带子摆在书架上，直到有一天，来访的朋友叫起来：“哇，你们有这么一大套！”又喊，“天哪，外面塑料膜还没打开！”

我们才惊讶地发现，自己最爱、想必也最精彩的，居然被遗忘。

◎

电视里播出《安妮的日记》专题节目。

犹太少女安妮·弗兰克，在一九四二年，十三岁生日时因为得到日记本，开始写日记。

就在那一年，因为德国人四处搜捕犹太人，他们一家和另外四个犹太人，躲藏到一个密室，直到一年多后被逮捕。

安妮和她的妈妈、姐姐都死在集中营，而且尸骨难寻。但是，安妮留下了这本感人肺腑的日记，以五十五种语言，在全球畅销达两千多万本。

节目里也播出了安妮的父亲——他们家在集中营唯一幸存的奥图·弗兰克（Otto Frank）早年的受访影片。

“说实在话，我很少跟女儿聊天，直到看到她的日记，才了解她。”安妮的父亲说，“而今，却有数以千计的年轻人，写信给我，对我说他们被安妮感动。”

◎

多耐人寻味的一句话啊！

父亲要等女儿死了，看她的日记，才了解自己的孩子。但是，相对地，却有那么多“外人”，被他的孩子深深地感动。

只是，我也想，那些被安妮感动的年轻人，会不会也像演员、歌星、公众人物的“迷恋者”，他们注意自己偶像的一举一动，反而忽略了自己的家人。

直到有一天，失散了、分离了、永别了，才有着无限的伤痛。或是直到有一天，像我那台北的朋友，因为停电，没电视看，才注意到自己的孩子。

另一幕清晰的画面浮上脑海——

白晓燕被撕票之后，白冰冰哭红了双眼，对着镜头说：

“我遗憾，我居然在女儿活着的时候，没对她说过‘妈妈爱你’。”

第二篇　爱可以如此豁达

这世界很大，大到你一生都无法走遍所有地方；
这世界又很小，小到一个电话就可以跨越大洋。
你该如何去了解?
这世界上的人们很相似，都有喜怒哀乐、生老病死；
这世界上的人们又很不同，连肤色都有着千差万别。
你该如何去同他们相处?

我们都是“人”

当他为重伤害的病人治疗时，
总希望见到那人健康时的照片，
知道自己面对的……
是一个曾经活泼又美丽的“人”。

一位工商巨子，年纪轻轻，突然病逝了。

“他可能酒喝太多了，喝到只要不喝，手就发抖。”这工商巨子的一个同学对我说，“他死了！我好伤心，好多以前在一起的画面都出现在眼前。”摇摇头，“奇怪！我以前看到他，只会想到他多么有钱、有名，直到他死，才发觉他是那个曾经跟我同班四年，在一起有说有笑、有打有闹的‘人’。”

◎

一个年轻朋友，迷某歌星到了发狂的地步，家里四处放的全是那位歌星的照片。

皇天不负苦心人，先加入歌友会，再通过层层关系，他居然成为那歌星的特别助理，每天跟前跟后，帮歌星料理一切。

“你真是梦想成真了，”有一天我问他，“高兴吧？”

“得了！甭提了！”他居然一挥手，“我发现以前崇拜错了，现在才发现他比谁都平凡，他只是个平凡的‘人’。”

◎

读美国医生 Frank Huyler 的《陌生人之血》（*The Blood of Stranger*）。

作者描写他在急诊室的各种经历，怎么伸手到满是血水的胸腔里找破裂的血管，怎么把躁狂症发作的患者绑在床上，怎么将药物过敏的病人从鬼门关拉回来。

最令我感动的是，他说当他为重伤害的病人治疗时，总希望见到那人健康时的照片，知道自己面对的，不只是一个血肉模糊的躯体，还是一个曾经活泼又美丽的“人”。

◎

“我的日本老板，平常好像经营之神似的，拉着一张脸，不苟言笑，似乎你多看他一眼都不成。”一个在电子公司上班的女生对我说，“可是啊，最近公司办年终聚餐，这老家伙，酒才下肚，就开始胡说八道，接着提议去唱卡拉 OK。你知道吗，坐在沙发上，他居然毛手毛脚。”女生笑起来，“他啊！不再是神，好像跌落地面，变成一个人，一个无耻的老男‘人’！”

她的话令我想起一位出版界朋友的话：

“公公生病，我在医院照顾他。他神志不清的时候，活像一个孩子，又踢被，又打人，才吃完就忘了已经吃过了，直喊饿。可是，他才一清醒，就把被单拉得紧紧的，好像怕我看到什么，然后摆出一副死面孔。”叹口气，“说实话，我宁愿看他糊涂的时候，觉得比较可爱，比较像一个真真实实的‘人’。”

◎

克林顿的绯闻案早落幕了，倒是他任内的经济成就，总被人们谈起；后来他选择在纽约哈林区设办公室，更是引起一片掌声，觉得他平易近人。

电视里几个学者谈到克林顿的政绩，提到他和莱温斯基，一位学者居然说：

“从某个角度看，这事件也有它正面的意义，就是让大家知道，每个人都是人，都是有七情六欲的肉身，都可能犯错，都可能掩饰。”学者强调，“既然是个人，他就会掩饰，掩饰确实不对，但有什么办法？别忘记，他是个人哪！”

“人是一根绳索，架于超人与禽兽之间。”尼采说得好，每个人的一生，都在由禽兽走向超人；终其一生，都无法成为超人。

人的可悲就在于我们都是这样的人，都要经过恒沙之劫，都生生世世只能做个平凡人。

人的可爱，也在于我们都是人，于是能用自己想别人，在别人身上窥见自己的影子。

最近接到一个小女生的信——

“自从我上了中学，就发现爸爸妈妈也是人，以前他们在我眼里是爸爸妈妈，现在是平凡的人。”

“可不是嘛，”我回信，“所以他们也有脆弱迷失的时候，他们也要你去帮助、要你去疼爱。这是多棒的感觉！——知道他们是跟你一样的平凡‘人’。”

黑皮肤，真美！

每个人到这世上，就这么一生，
来了就来了，无法选择、无法回锅，
难道只因为投胎到黑人家，
就该被歧视一辈子吗？

从唐人街坐计程车回家，才上车，黑人司机就对我笑着说：“hà guí！”

我怔了一下，不知道什么意思，他又笑着说了一声：“hà guí。”大概从后视镜里看我不懂，再加了一句，“hà guí，How are you？”接着问我，“你不是中国人吗？你不懂‘hà guí’是‘你好’的意思吗？这是我刚学的，跟刚才下车的中国人学的。”

我噢了一声，问他：“你怎么会想到学这句话呢？”

“因为那几个中国人从上车就一直看着我说‘hà guí’，我就问他们是什么意思，他们告诉我是‘你好’。”黑人司机得意地拍着方向盘，“hà guí！ hà guí！”

这下我懂了，原来前一批中国客人，一路用广东话叫他“黑鬼”。正想呢，他又歪着头问：“怎么样？是不是我发音不对？你为什么听不懂？如果我说错了，快纠正我，我最想学中国话了。”

◎

自从搬到水边，我的皮肤就一下子变黑了。因为湖水反射日光，上下两个太阳，晒在身上直发烧。

“咦，为什么你的肤色跟上次不一样了？”回台北，一个医生朋友才见面就问，“你最好去验验肝功能。尤其像你吃降胆固醇的药，更得小心。”

公司的员工见到我，更是露出一副惊讶的表情：

“您怎么黑了那么多？在美国不是享福吗？”

“我是享福啊！总在院子里种花种菜，不会一天到晚关在屋里，所以能晒黑啊！”我说。

“但是黑，看起来就辛苦。”员工笑笑，“您没听过吗，一白遮三丑！”

◎

“快带我去药房，我要买美白霜。”一位从台北来的朋友，说她才来美国一个多礼拜，就变黑了，急着要找美白产品。

可是带她去化妆品专卖店，找了半天，居然没见一瓶美白霜。相反，倒有不少“美黑霜”。意思是，只要搽了那种防晒膏，就能既不怕紫外线的伤害，又能晒出健康的肤色。

“不不不！一定有！看电视卖东西的台，一定有！”朋友说，

“我在老家就常看，而且都是美国产品。”

打开电视，转到购物频道，果然见到一双腿，一条黑、一条白。

“看吧！”朋友兴奋地说，“是卖美白霜的！”

可是细看，才发现是卖一种褐色的油彩。只见主持人一边得意地在一条腿上涂，一边说：

“看！马上就有漂亮的太阳色了！”

◎

去年冬天，走在忠孝东路上，在第一银行的一个斜坡道上被绊了一大跤。

这跤摔得真惨，西装袖子破了，手肘青紫了一大块。所幸我反应不错，及时用手撑住，否则非脑震荡不可。

躺了两天，实在火大，跑去银行抗议。

隔天，银行就派人登门道歉，还送我一个大礼盒。

打开盒子，居然是个瓷的洋娃娃。

又过了几天，我去银行办事，好奇地问：“奇怪！你们怎么会送我一个洋娃娃呢？那娃娃真可爱，我要带回去给我女儿。”

小姐眼睛一亮：“是吗？如果你喜欢，我们还有一个，可以送你，是银行客户提供给我们摸彩的，有个同事摸到，不喜欢，扔在柜子里了，你可以拿去。”

接着打开柜子，取出一个纸盒，居然比我收到的那个还大。

我当场打开纸盒，先看到一顶讲究的帽子和一个木制的小椅

子，把帽子拿下来，原来是个“黑娃娃”。

我很爱那黑娃娃，觉得她笑眯眯的，手上还挎个小包包，穿着亮亮的皮鞋，可爱极了。

◎

到美国二十多年，我早期见到黑人就觉得怪怪的，知道儿子交了黑人女友就紧张兮兮；渐渐地，我改了，觉得黑人实在是很优秀的种族。

可不是嘛，皮肤科的医生说黑人几乎不会得皮肤癌，他们的皮肤也不易老化、不易生皱纹。

审美的专家说世界上腿最美的不是白人，更不是黄种人、棕种人，而是黑人，他们生得“骨肉停匀”，而且细长挺直。更重要的，是弹跳力特佳，所以运动场上黑人一出来，白人就难混了。以前还幸亏有网球和高尔夫，因为属于贵族运动，黑人经济能力差，挤不进去。这几年，黑人的生活水平提高，大、小威廉姆斯和老虎伍兹可就让白人傻了眼。

再想想，黑人的眼睛大，适于看；黑人的鼻孔大，适于呼吸；黑人的嘴巴大，适于吃；黑人的嘴唇厚，连接吻都好。

你说，我能不说黑人棒，能不欣赏那“黑娃娃”吗？

◎

都是“人之子”啊！

我常想，如果我女儿交了白人男朋友，被那白人家庭歧视，我会有多伤心？我也常想，每个人到这世上，就这么一生，来了就来了，无法选择、无法回锅，难道只因为投胎到黑人家，就该被歧视一辈子吗?

都是“人之子”啊!

每个人都是上天的子民，有幸被生在这个世界，也就有权利分享这天赐的一切。凭什么只因为皮肤颜色的差异，就被归类、被限制?

◎

星期天，一家人去中央公园划船。

草地上好多人在做日光浴，还有女生脱掉胸罩，晒背。一群人骑着单车，玩着直排轮滑，从眼前掠过。都是笑脸迎人，都是古铜色的皮肤。

“你看！好多黑人，长得真漂亮。”我对妻说。

“是啊！现在就流行半黑半白的混血，特别健美。”妻答。

突然想起那黑人计程车司机说的“hà guí（黑鬼）”。

“黑鬼，其实很不错。”我笑笑，“黑皮肤，真美！”

让我们爱他一生

两个人颤抖着、惊喜地打开信封，看到他，就是他，就是我们的孩子，让我们爱他一生！

许多年前，看过一部叫作《收养》(*Adoption*) 的匈牙利电影。

一个年近四十的女人，请求情夫在分手之前，让她生个孩子。

情夫没说话，只是把那女人带回家。情夫的妻子客气地招呼，并唤出两个孩子。

女人匆匆地告别了，也告别了过去的一段情。

一个总向这女人借房子，用来跟男朋友约会的小女生，看到女人沮丧的样子，便抽空，带她出去喝咖啡、看风景、聊聊天。

小女生走了，女人又陷入落寞与孤独。突然，她站起身，出门，到弃婴中心，登记收养了一个孩子。

影片的最后，是那女人抱着一个胖娃娃，从弃婴中心出来，用细碎而匆匆的步子，走上大街，拦住正好驶来的巴士，上了车……

从头到尾，影片都冷冷的，没作任何解说。但是，演完，大家都懂了——

她寂寞，所以收养了一个娃娃。

那孩子是她的伴儿。

◎

一九九八年冬季奥运会，关颖珊和陈露分别得到女子花样滑冰的银牌和铜牌。

消息传到我住的小镇，最兴奋的大概是常去溜冰场的一对美国老夫妇。

关颖珊和陈露跟他们没关系，但是他们有一对儿女，都是从亚洲收养来的孩子。

过去看这对白发双亲，紧盯着场上的儿女叫好，那两个孩子也确实溜得不错，大家还没什么特别的感觉。但是现在不同了，事实证明亚洲人有溜冰的天赋。大家嘴里虽不说，却用眼神说了：

“看样子，将来这一对儿女，也能成为溜冰的名将。”

那对老夫妇显然也更带劲了，从他们脸上似乎可以见到一种得意：

“瞧！我们多棒！我们领养了一对越南的孩子。看！我们的孩子多棒！他们比白种人溜得好多了！”

多么复杂的情怀呀！从这对白人老夫妇的脸上透出来——

白种人有了“黄种人更优越”的骄傲。

◎

想起我以前教过的一个学生——布莱恩。

他是英国人，一口浓重的伦敦腔。尤其当他道“晚上好”(good evening)的时候，好像把声音先拉到山头，再跌入深谷，又一下子拉上山头。

除了学国画，他也喜欢问我中国古诗，还写笔记。隔周糊涂了，再拿着笔记来问。

“不能错啊！”他说，“我得回去转述。”

“给你太太听？”

“不，给我女儿。”

有一天，他掏出女儿的照片，我才惊讶地发现，原来那是他在新加坡领养的孩子。

“已经要上大学了。”他得意地说，“她的亲生父母是中国人，她应该多知道一些中国，我也应该多知道些中国。”

我突然了解，他为什么来学国画。

因为他经由领养的孩子，而扩大了心灵的版图。中国既然是他孩子出生的地方，他爱孩子，也就爱中国。

◎

到广西壮族自治区的南宁去。

原以为应该冷冷清清的飞机，居然客满，乘客包括二十多位美国人。

“你们是去南宁观光吗？”我好奇地问他们，“南宁有什么特别的风景？”

他们笑着摇摇头。

“噢！我知道了。”我说，“你们是要转去桂林或海南岛？”

他们又摇头：“我们直接飞回美国。”

我不问了，看他们只有大人，没小孩，想必是投资考察团。

到南宁的第二天，我去了偏远的隆安，回来已经是傍晚。走进酒店大厅，看见一群老外，不正是他们吗？

他们的手上，居然都多了个娃娃。

“好可爱的娃娃，”我说，“中国朋友的？”

“不，是我们自己的！”他们异口同声地说。

在南宁的六天，我每天都见到他们，亲着、搂着、推着——他们领养的娃娃。

“为什么还留在南宁？”有一天我不解地问，“不早早把孩子带回美国？”

“我们要多看看、多学学这里的一切。”一个男人回答，“因为有这一天，得跟孩子说，他故乡是什么样子。”

大家愈来愈熟了。有一天，都在餐厅吃饭，我又凑过去，试着问一个犹豫多日没敢问的问题：

“请问，你们来之前，知不知道孩子的样子、背景？还是来了之后再看？”

“我们知道。”一个来自伊利诺伊州的女士说，“他们会先寄资料照片给我们，不喜欢可以换。”

“挑个孩子，可真不容易。”我笑道。

“不！”他们居然异口同声地说，“我们没有人挑，收到哪个就是哪个。挑，不公平，也会是一种遗憾。”

看他们搂着孩子亲，孩子哭，亲得一脸鼻涕。看他们贴着孩子，呈现“东、西方”两种画面，使我有一种特殊的感动。

多幸运啊！一个被中国父母遗弃的孩子，就这样，被领养、被疼爱、被抚育，改变了一生。

我可以想象，十多年后，一个个在美国生龙活虎的亚洲孩子，用最地道的英语说话，用美国式的思考，而且从小就被白人社会接受。

他们不会像“新移民”，遭受种族歧视，受到不公平的待遇，因为他们有着百分之百支持他们的白人父母。

那父母会对他们说往事，说他们的故乡，也可能有一天带他们去寻根。

我尤其不会忘记，在南宁酒店听到的那段话——

自己生孩子，是不能挑的，生什么是什么。所以领养孩子，我们也不挑。接到中国寄来的资料，两个人颤抖着、惊喜地打开信封，看到他，就是他，就是我们的孩子，让我们爱他一生！

更相似！更相容！

会不会“9·11”劫机的人，
跟飞机上和世贸大楼里的受害者，
不必通过六个朋友，
就能找到彼此亲密的关系？
会不会本·拉登和布什，
竟流着同一祖先的血液？

Discovery频道的《一个城市六个朋友》到台湾做节目，由刘轩担任“第一个朋友”，还帮忙串场，和马英九一起坐直升机介绍台北。

“‘一个城市六个朋友’是什么意思啊？”我隔天问儿子。

“那是从英文翻译过来的，英文有句俗语“six degrees of separation”，意思是世界上就算天南地北的两个人，只要通过六个朋友，一个介绍一个，就会找到彼此。举个例子，今天你去蒙古，在草原遇到一个人，他可能介绍乌兰巴托的朋友给你；那朋友又介绍北京的朋友；北京的那个人再提到他在美国的朋友。结果不超过六个，就能找到在纽约跟你相关的人。”儿子说，“所以世界很小，人的距离也很短，只是我们没去想、没感觉。”

◎

我去年出版了一本图文并茂的《花痴日记》，卖得奇惨，连报上的书评都说刘墉不信邪，出本怪书，踢到铁板。

其实这铁板是我早料到的，因为里面谈的多半是种花种菜和浇水施肥的道理，既是纯文学，又冷门，不太可能畅销。

今年春天回台，去逛建国花市。奇怪的是，过去我逛，很少有人打招呼，这次却没走几步，就有人对我笑说：“又来看花啦？”还有一位卖花的小姐追上来，送我一大束鲜花。

我好奇，问她为什么我以前常来，她都没认出，现在才发现？

“因为你写了《花痴日记》啊！”那小姐笑道，“以前就算看到你，也不确定，猜你人在美国，不会来这里。但是看了那本书，知道你爱花，就敢认了。”接着追问，“大家都说《花痴日记》真好看，什么时候出续集啊？”

◎

接到老朋友的电话，在那头兴奋得像小孩儿似的：“你猜我今天去了什么地方？我去了第五街的玩具城。”

“那有什么稀奇？”我说，“我也去过。”

“可是我不一样耶！我是去拜‘胡桃钳木偶’。”

看我不懂，他又解释：“就是对店里一进门那个很大的木偶，把双手举起下拜。”

“你真发神经！”我笑道。

“不！是一堆人发神经。大家在网上约好，下午四点整，时间一到，一起拜那木偶。”他兴奋得近乎喊叫地说，“起先我认为没有人来，因为店里每个人都在挑东西、看玩具，没人看那大木偶。没想到四点整，所有的人都突然转身拜了下去。然后，又各自‘快闪’，好像什么事情都没发生过。从这件事可以知道，看似陌生的人，却可能想同样的事、有同样的爱好，只是大家不表现出来罢了。”

◎

自从有了DNA比对的技术，不但一下子破了许多悬案、发明了许多新药，而且确定了许多亲子关系。更惊人的是英国的休斯敦桑格尔医学中心，通过对Y染色体的研究，推断蒙古和中国北方有一百五十万人，都是努尔哈赤的祖父觉昌安的后代。

他们甚至在二〇〇三年做了“成吉思汗基因测试”，推论出成吉思汗是伟大的“播种者”，在中亚有一千六百万后裔。

◎

想起不久前在美国《读者文摘》上看过的一篇文章——

作者张忠庆四十八岁那年，开始走路不稳，连上下公交车和上楼梯都没力气。核磁共振检查之后，得知患了遗传性的小脑萎缩症，才想到他的父亲和表哥也在多年前得

了同样的病。

趁着还能行动，张忠庆由台湾到安徽去寻根，惊讶地发现他父亲的几个兄弟姊妹，包括许多后代都得了这种病。

更令张忠庆惊讶的是，二〇〇一年在台湾成立“小脑萎缩症病友协会”，虽然起初不到五十位会员，却发现其中好多人有亲戚关系。

张忠庆感慨地说：“许多素未谋面的病友，在聚会上发现互有亲戚关系，在这种场合见面，真不知是喜还是悲。”

◎

不知为什么，他的这句话令我想到以黎之战、波斯湾战争和纽约的“9 · 11”。

会不会在战场上杀得你死我活的那群人，都是远房亲戚？会不会“9 · 11”劫机的人，跟飞机上和世贸大楼里的受害者，不必通过六个朋友，就能找到彼此亲密的关系？

会不会本 · 拉登和布什，竟流着同一祖先的血液？

会不会直到有一天要骨髓移植，才发现远在天边的一个陌生人，竟比我们的父母兄弟姐妹，与我们更相似、更相容……

放孩子飞吧

不是孩子长不大，常常是老一辈不要他长大。你以为孩子需要你，其实可能是你离不开他。你活着的时候不放手，可能拖累孩子的脚步；你死了放手，他们还是得面对自己的世界。

每年暑假按说是度假的时候，但是在美国的华人家庭常常特别忙。因为很多国内的亲友会把孩子送到美国参加夏令营。

美国人非常重视这种夏令营，其中有由大学主办的学术营，参加的孩子必须先通过资格审查，跟着大学教授做研究。好多科学奖得奖的作品都是由那儿产生的。还有一些夏令营专招海外的学生，一边学英文，一边带着四处参观旅游。又有些是比较专业的，譬如音乐营，由一些大师级的老师指导。

如果各位看过我写给女儿的文章，应该知道她连着两年上音乐营，那里是由农庄鸡舍改建的，又小又热，蜘蛛蟑螂又多，而且非常严格。每个孩子一早就被叫起来练琴，还有舍监在门外巡查，哪个房间没有传出琴声，立刻过去敲门警告。所以很多家长说，真是

为孩子花钱找罪受。

不过我发现很多这种夏令营，是存心让小孩受罪，甚至可以说是修理小孩的，因为“玉不琢，不成器”。这下问题来了，很多中国家长把孩子送到美国参加夏令营，原本以为是镀金，让孩子好好过个暑假。他们没想到，如果是直接在中国报名参加游学营，当然比较舒服，但是跑到美国的亲戚朋友家，再在美国当地报名参加所谓训练营，就不是那么回事了。因为他的宝贝得跟美国孩子一样，进去锻炼。

于是在那些严格的营地外面常可以看见精彩又感人的画面。只见每个星期五傍晚，孩子回营的时候，妈妈抱着孩子痛哭。当然哭啦！那些宝贝孩子几曾离开过家？现在非但一进去就要连关五天，只有周末才放出来，而且里面不准上网、不准打电话。为此，不知有多少家长怨：“连每天问问孩子平安都不成，太没人性了！”

可是也妙，如果夏令营是六个星期，头两星期孩了还会在离开妈妈的时候哭，后来渐渐只有妈妈哭了，到最后孩子非但没有依依不舍，还兴高采烈地想赶回营里。而且在结束的那一天，舍不得营里的朋友，直掉眼泪。

这时候又有家长怨了：“这小鬼白养了，多没良心！才进去没几天，就把我这娘给忘了。”

她说得一点也没错。你甚至可以讲，那些训练营最重要的目的之一，就是要孩子离开父母的怀抱，因为只有这样，孩子才能学会独立，人格也能发展得健全。西方有句名言：“你愈早把男孩看成男人，他们愈早变成男人。”还有：“你的孩子愈早独立，表示你愈成功。”

只是很多家长不能接受这个观点，尤其今天独生子女的中国家长。甚至孩子都出国上研究所了，做父母的还不能放心。

我有个朋友，人在台北，孩子在美国，她每天在台北的晚上打电话，叫女儿起床，又在中午的时候打电话看女儿回宿舍没有。所以我管她叫作海外遥控的闹钟和警卫。她只要忘了闹，孩子就可能因为没起床而缺课；她只要找不到孩子，就要抓狂。问题是她人在地球的另一边，怎么抓狂？就是打电话把美国的朋友半夜从床上叫起来，帮她四处找女儿，问那丫头为什么深夜不回家。

你说，这妈妈过得多辛苦啊！她的情绪整个被地球另一边的女儿牵着。有一天，我又帮她半夜找到女儿，原来是去同学家聚会了。那女生非但没感谢我帮忙，还在电话里怨：“我妈太神经了，她忘了我明天开始放长假吗？她是追魂哪，还是唤魂？”

她的话让我想起前面说的，一个进夏令营抱着妈妈哭的小女生，偷偷对我说，其实她不想哭，可是看妈妈那么伤心，不能不哭。

她这句话是不是也能想成“因为大人拉着扯着，不放手，我就不能长大”？

各位家长，请别骂我说得太严重，很多孩子确实因为大人拖着，迟迟不能独立。

还有两个故事。我小时候，父亲非常宠我这个独子，连我穿的汗衫都是他专程去台北一家名店买的，因为只有那儿才卖纯丝的小孩汗衫。有一天，他很沮丧地回来对我说：“儿子，对不起啊！现在人家不卖纯丝的了，爸爸只好买了纯棉的，希望你穿得惯。”

五十多年之后的今天，我还记得清清楚楚，我一边穿，我父亲一边露出心疼的眼神，不断问：“这汗衫会不会把你扎到啊？”结果为了他的眼神，我明明觉得棉质的更舒服，还不得不做出奇怪的表情。

就在那一天之后没多久，我父亲病了，一病不起。我的人生就整个不一样了，家里失火，我吐血休学，又搬到违章建筑区。

再说个故事，有一对我非常熟的老夫妇，守着一个四十岁未嫁的大女儿。但是因为小女儿在美国生孩子，老夫妇不得不去帮忙。只见老夫妇在美国直操心大女儿不知怎么过。半年后老夫妇终于可以回台北了，他们要给大女儿一个惊喜，没先通知，就回到台北。大女儿去上班了，不在家，果然冷盆冷灶，打开冰箱，也没什么食物。老太太正伤心女儿受苦了，老先生打开浴室水龙头，流出来的都是锈水。

没过几天，老夫妇又飞去美国的小女儿家了。

又没过多久，那四十岁的大女儿嫁人了，终于有了幸福的归宿。

读完这两个故事，你想通了吗？

不是孩子长不大，常常是老一辈不要他长大。你以为孩子需要你，其实可能是你离不开他。你活着的时候不放手，可能拖累孩子的脚步；你死了放手，他们还是得面对自己的世界。

就让孩子独立吧！就放孩子飞吧！

年轻人有探索的权利

许多名校的研究所，也要求先有工作经验，再去申请。因为求学不应该只为文凭，而应该为了实现人生的理想。

最近在台湾地区因为所谓“洗钱案件”，有个非常小的欧洲国家列支敦士登，一下子红了起来。多年前我曾经跟我太太去过那个不到一百六十平方公里的小国，但是今天提到列支敦士登，浮上我脑海的不是阿尔卑斯山和莱茵河的景色，或山头上的皇宫，而是一家餐馆。

记得当天，我和太太在那儿吃午餐，跑前跑后的服务生居然是两个东方年轻人。我问他们是不是住在当地很久了，两个人笑笑，说不过半个月，因为骑脚踏车在欧洲各地旅行，没钱了，正好是暑假旺季，这家餐馆缺人，就留下来打工，赚够了盘缠再继续走。还说有好多来自世界各地的年轻人，都这样自助旅行。

其实何止在欧洲，年轻人早就在世界各地穿梭，过去达尔文如果不是得到机会，在二十二岁那年上了“比格尔”号，到世界各地观察不同的物种，不可能研究出“进化论”。今天，这个月你可能在北京的街头，看见来自欧美的几个背包族，下个月可能在云南的丽江，又见到他们的身影。再过几天，他们已经摸到了香格里拉，又过不久去了西双版纳。你会惊见愈来愈多金头发蓝眼睛的人，能说一口漂亮的京片子；也可能在挪威奥斯陆看见一群说普通话的中国面孔，原来他们从温州移民到奥斯陆。今天在上海外滩顶级西餐厅里，掌勺的可能是法国米其林的三星名厨，在台北意大利餐馆为你介绍奶酪的，是曾经留学上海的意大利学生。更进一步，你可能发现，在台北瑞士餐馆吃的小火锅，是由留学瑞士的台湾人做的，那味道即使瑞士人都得竖起大拇指。你也可能发现前两年的背包族学生，突然摇身一变，成为提公文包的贸易商，上个月才把中国的蚕丝运去法国，这个月又把在法国织染好的东西送去意大利，只怕再过几个月，又把做好的名牌时装，运到了中国。

记得三十年前，我初次去挪威，住在奥斯陆的格兰酒店，早晨被外面的孩子吵醒，只听见好多孩子的跑步声，又笑又叫，突然让我觉得好像一下子回到了中国，才发觉原来全世界孩子的叫声是那么相似。

早期我去外国，总不习惯当地的食物，现在旅行久了，渐渐觉得其实所有的食物都是人的食物，用人类一样的味蕾，不带主观地品尝，自然能得到其中的滋味。

在世界各地旅行，我还看到个有意思的现象，就是由一个地区到另一个地区，人们皮肤的颜色是慢慢变化的，譬如这个地区白，那个地区黑，中间就是褐色。即使一黑一白两个地区总打仗，好像世仇，在他们中间地区的人，也像把巧克力加进牛奶里，成为巧克力牛奶的颜色。于是我猜，八成打归打，世仇归世仇，年轻男女间的恋爱，好像罗密欧与朱丽叶，总是偷偷地发生。

几乎所有的生物，都有个本能，就是往远处发展。你瞧，蒲公英种子为什么撑起小伞，跟着风一起去旅行？枫树的果子为什么好像长了翅膀，在空中滑翔？凤仙花的蒴果，为什么成熟时会爆炸得四处都是？如果人类起源于非洲，为什么后来散布在全世界？他们多会跑啊！由非洲到两河流域，往西去了欧洲，往东去了中亚、印度、中南半岛，往南下了马来西亚、印度尼西亚，去了澳大利亚、新西兰和新几内亚，说不定还渡海去了复活节岛。至于去了东北亚的，又有些渡过白令海峡，到了阿拉斯加，再往南去了北美、中美、南美，也说不定跑去了复活节岛。复活节岛上用的一种工具“有段石锛”，又可能跟浙江良渚和河姆渡文化有关。连玛雅文明，都可能跟中国有关。

这世界大吗？国与国、人与人、民族与民族的差异大吗？有解不开的仇恨吗？

在我的其他文章中，我提到一个兔唇的女生，现在成为纽约著名医院的耳鼻喉科医生，但是我没提，她由常春藤盟校的哥伦比亚大学毕业之后，曾经在林肯中心音乐厅里带位。我也说过一个叛逆的女生，在大学被开除，现在是法律研究所的高才生，她中间有一段时间在长江游轮上端盘子扫厕所。而我的儿子，在拿到哈佛心理学硕士之后，没先通知我一声，就到阿拉斯加北极圈边上的一个小城，帮朋友盖房子。今天早上，我翻开报纸，看到我少年时的老朋友，“焦唐会谈”代表台湾地区的焦仁和，他的儿子拿到美国名校法律外交的双硕士，现在致力于音乐。他们都先探索所有的可能，为自己的人生定位，再决定未来的路线。

许多名校的研究所，也要求先有工作经验，再去申请。因为求学不应该只为文凭，而应该为了实现人生的理想。如同修教育学分只为找个教书的工作，和教书之后再去修教育学分，中间有很大的差异。

新新人类的生命比上一代长多了，这世界又变得小多了。再因为科技的日新月异，每个人一生中有更多转换工作的机会。这几个条件加在一起，使得年轻人可以利用他们较长的人生，做更多的摸索和选择。当全球的年轻人都在世界各地穿梭，把整个地球当作自己的舞台，当过去的人类留下遥远的足迹，跋山涉水到地球的每个角落，当我们的航天员已经漫步太空，向别的星球探索的时候，我们还能把孩子放在只知考试和升学的小框框里吗？

孩子要用功，要考好学校，没错！但是在这个多元的世界，要有多元的价值观。记忆不等于学问，聪明不等于智能，知识不等于见识，智商不等于情商，成绩不等于成功。中国是古国，不是老国！

教育新新人类，需要新新的观念、视野与胸怀。

四肢发达　头脑灵光

青春期的孩子常有忧郁的倾向，运动能增加脑里的“血清素”(serotonin)，能让他们比较快乐。加上运动增加了红细胞带氧的能力，不但体力好，脑力也会进步。当这两项都获得改善，当然读书的效果大大不同。

一开始，请读一个真实感人的故事。三十多年以前，当我第一次去伦敦的时候，住在当地一位陈姓的侨领家里。他们的独生子是剑桥毕业的，而且娶了英国皇室的贵族女孩。不幸的是，结婚不久，他就在登南美洲安第斯山的时候失足丧生。知道那个悲剧，我试着不去碰触这方面的问题，以免勾起他们的伤痛，但是我去的第二天，陈夫人就拉着我走到前门橱柜，伸手到很深的地方，掏出一个小镜框，里面是一个英俊的大男孩坐在山头的照片。侨领的太太说：“这是我儿子！怕老头看到伤心，所以藏起来。”接着把照片藏回柜子深处，出门了。她才离开，老先生又出来，把我叫到那柜子前面，伸手进去，把相框拿出来，说：“这是我儿子，我太太怕我看到会伤心，

藏在这儿，其实我常拿出来看。死了都死了，只能接受。”

当时我不是太妥当地问他：“您会不会后悔让他去爬山？”

老先生一怔，露出很奇怪的表情：“为什么后悔？登山是很好的运动，我年轻的时候就爱爬山，如果人生能够重来，我还是会让他去，否则怎么能算年轻人？”

他的这段话，让我很惊讶。因为当时在台湾地区，常常一发生山难，就有人主张封山，不准登山客上去，甚至听说有学校郊游出了车祸，很多学校也会因此取消郊游的活动。

“爬山和郊游算什么？只是出去玩，还耽误了功课，不去正好！留在家里读书。”似乎当年很多家长老师都这么想。

可不是嘛！中国虽然在很早以前已经讲求所谓“六艺”，即“礼、乐、射、御、书、数”，其中的射箭和骑马都是体育活动，但是骨子里，人们似乎不怎么认为体育重要，甚至会说“四肢发达，头脑简单”。

连我太太担任美国大学入学部主任的时候，都还受这种观念的影响，常听她回家抱怨，体育组的人又去向她求情，准许成绩差一点的篮球高手入学。

其实何止中国人如此，不少美国人也有重文轻武——重视读书、忽视体育的心理。记得我女儿上高中的时候，有一年听说毕业班有两个人进入哈佛，其中一个是平均九十八分的第一名，第二个不知是谁，打听半天才发现居然是平均只有九十分的一个游泳运动员。当九十五分的学生都被哈佛打回票的时候，那九十分的学生却被录取了。记得当时好多学生觉得不太公平。可是后来大家改变了观念，因为知道那个学生每天下课要练游泳四五个钟头，常常回家已经是晚上七八点，又累又饿地躺在床上就睡着了，睡一半醒来，还得撑着去吃饭读书做功课到一两点。多数毅力不够的运动员都半路放弃了，只有他非但撑下来，而且有杰出的表现。怪不得一位美国名校入学部的人说，别以为运动员成绩差，如果他们用运动的精力和毅力去读书，表现绝对会很好。也有好几位美国企业界的朋友对我说，他们很喜欢用运动员出身的职员，因为那些人不但体力好、反应快，而且多半做事很积极。

运动跟读书的关系真耐人寻味。我认识一个女生，在学校功课很不怎么样，上课总打瞌睡，睡到老师都懒得纠正她了。可是高二那年，不知怎的进了学校的“热舞社”，一下子迷上热门舞蹈，不但在学校跳，还在外面找老师学，碰上假日都在外面蹦。女生的家长很操心，想那孩子的功课一定雪上加霜，没想到她虽然每个假日出去连疯两天，回家已经是星期天晚上了，却动作奇快地把功课做完，成绩不但没退步，还愈来愈进步，跟全校的第一名一起进入美国的同一所有名的大学。

我后来常想，是因为运动激发了那女生的活力，还是运动改善了她读书的效果。那女生的妈妈说得好，她猜想平常女儿懒洋洋地窝在房里，表面是读书，其实都在做白日梦，再不然有忧郁症，所以总提不起精神。学了热门舞蹈之后，蹦一蹦，忧郁症好了；加上怕成绩不好，父母不准她出去继续跳舞，于是很专心读书，使成绩大大进步。

她说得一点都没错。青春期的孩子常有忧郁的倾向，运动能增加脑里的“血清素”(serotonin)，能让他们比较快乐。加上运动增加了红细胞带氧的能力，不但体力好，脑力也会进步。当这两项都获得改善，当然读书的效果大大不同。

今天这个时代，需要的反应和速度远远超过以前，今天退休的年龄也不断延后。以前年过半百，好些有钱人已经由丫鬟扶着过门槛，人生七十已经古来稀了！今天却可能年过七十还在第一线选总统。面对这样的环境和挑战，能没有强健的体魄吗？

对的！“强健的体魄”！如同我今天一开始提到的那位侨领所说，如果连山都不敢爬，还算得上年轻人吗？“人生最大的冒险是不敢冒险”，如果我们年轻人从小受到的教育是体育不重要、运动是浪费时间，为了考试，体育课都该改为数学、英文，而且有一点危险就躲开，不必冒险犯难，这样教出的孩子未来能有担当，又能以国家兴亡为己任吗？

动物！动物！人是动物，不动就成了“物”。感动！感动！有感就要动，愈动愈有灵感。

对我熟悉的读者或许知道，我年轻时也总是攀岩登山，好几次差点摔下山谷。十七岁那年，有一天我爬山迷路，入夜了，又下起倾盆大雨，好不容易摸出山，回家已经是深夜，居然精神很好，画成一张《雨中飞瀑》。十七岁少年画的，却是我一生少有的好作品。

为什么？因为有运动之后的精神、登山之后的魄力和雨中的感动。我至今感谢我母亲，那时没阻止我去登山。

第三篇　永远不变老的爱

人活在这个世界上，
总要面对很多无法回避的问题。
有些是自己或环境造成的，
有些是生来即有的。
该如何去面对这些问题，
又如何去调整自己的心境？

谁不知道疼呢?

那些为人排难解纷、治病疗伤的,
很可能自己受的伤更大。
那些一站十几个小时,
为人动手术的外科医生,
很可能寿命却比常人短得多。

我在美国的网球友，曾经是个功夫高手。

既然练功，就懂得治疗跌打损伤。到美国之后，虽没挂牌，却有不少人请他推拿，每天晚上为人推拿赚的钱，比他白天上班赚的还多。

但是最近，他不知搬什么东西，扭了腰。挺直了能走，就是不能弯，连上下车，都疼得龇牙咧嘴。

球不能打了，可他还是出去为人推拿。

“都是老顾客，每个礼拜按时去，不去。他不舒服，就叫，我只好去了。”他对我解说，叹口气：

“还不是为赚那两个钱？推拿，看他躺在那儿，直叫过瘾。他哪儿知道，我自己可真疼啊！”

◎

就因为好一阵子不打球，又总是写作，最近我的脖子老痛，只好去看理疗师。

理疗师行医二十多年了，电疗机又大又重，像个老古董；按摩的皮椅子也绽了缝，露出里面的海绵，所幸老医生的手还挺厚实，转颈子也依然咔咔作响。

“因为球友伤了腰，我没运动，所以脖子容易疼。”我躺在那儿对老医生说。

“他应该看理疗师。”医生笑笑。

“他自己就是理疗师。”我说。

“什么？”他叫了起来，“你是说真的吗？”

“是啊！”我说，“所以我不找他推拿。他连自己都管不了，怎么管别人？”

他拍拍我肩膀，叫我坐起来，一边转身收拾工具，一边好像自言自语地说：

“大家都一样，我也扭了腰，一年多没打高尔夫球了。”

◎

听说我脖子痛，正为我修房子的工头也推荐他的推拿师傅：

“唐人街有名的气功师，比洋人高明多了，保证你去两次就好。”

“你去过吗？”我问他。

“去过！”他说，“常去！”

我笑起来了：“既然去两次就好，为什么常去？”

他先怔了一下，又摊摊手：“好了又坏了啊！到我这个阶段，其实治不好了。他只能让我不痛，不痛就够好的了。”

◎

他的话让我想起高雄的一个朋友，五十多岁，是位有名的钢琴老师，一辈子没开过独奏会，却不知把多少学生送进音乐科系、送出台湾，使他们得了奖。

“哎呀！生在我那个年代，爸爸又不是医生，能在教会里学琴，不但学得不错，还能出来教学生，教出几栋房子，教大一双儿女，已经不简单了。”每次我叫她开独奏会，她都这么说，然后必定加一句，“你以为我爱弹哪？你错了！我二十年前就不愿意弹了。”

她不愿意弹，其实是“不能”弹，因为她的肩和背老疼，一疼就整夜不能睡。

“几十年，天天从早到晚，坐在学生旁边，歪着头、伸着手、扭着腰，能不疼吗？”她说。

◎

听纽约侨声电台的广播，访问密宗黑教大师林云。

“那么多人围绕着您，求您帮助，您有没有厌倦的时候？您这一生，如果有什么悔恨，那悔恨又是什么？”主持人江汉用他感性的声音问林云。

“我一定尽我的力量，为人解决问题。有时候上车就睡，下车

睡醒了，又打起精神为人解厄。”林云顿了顿，说，“我当然有悔恨，就是悔恨没能把握时间，多学点东西。错过许多机会，到今天，还一个人。又血压高，又糖尿病，心脏又不好。”叹口气，“学生多、朋友多，是累啊！有时候穿着西装，进门，没脱，躺在床上，就睡着了……”

◎

看电视新闻。

小布什刚上台，就把克林顿卸任前的一个法案否决了。

虽然否决之前，工会的压力很大，但是来自资本家的压力更大。

“股市已经下跌了，经济已经不振了。”一个工厂的老板说，“如果再那么严格执行保障工人权益的法案，很多厂都办不下去了。”

电视里映出工人们抬钢板的镜头，旁白则说：“如果照克林顿的法案，这种工厂都得在工人的头顶装轨道，好先把钢板挂在上面，再由这台机器移到那台机器。虽然工人伤到背的机会变小了，但是成本太大，工厂撑不住，工人也可能失业。”

◎

我常想，这个世界真矛盾——

那些为人排难解纷、治病疗伤的，很可能自己受的伤更大。

那些一站十几个小时，为人动手术的外科医生，很可能寿命却比常人短得多。

那些以优美的琴音、感人的文字，打动人们心灵的音乐家、文学家，却可能“半生终夜长开眼（失眠）”。

每个职业都可能造福人群，也可能危害自己，只因为那是职业、那是责任，就不得不接受职业伤害。

我永远不会忘记十几年前的一件事——

那时我到黄山写生，住在离排云亭不远的宾馆，在那山巅能盖起现代化的大旅馆，真不容易，何况每天吃的用的全是由挑夫从山下挑上来的。

“多不简单哪！”看他们挑着旅客的行李、砖块、食物，走在陡峭的山壁之间，我不禁赞叹，“你们真不简单，要是我，早坐骨神经痛，疼得不能走了。”

每次听我这么说，他们都笑笑，不吭气，继续往前迈着沉沉的步子。

直到我写生告一段落，坐缆车到山脚，看见他们正坐在一块儿休息，又过去赞美他们的时候，一个挑夫突然抬起头冷冷地说：

“您别这么说，到您这个年岁，我们也早就坐骨神经出毛病了。好多人不用说挑，连走都不行了，就像他！”

顺着他的手势看过去，一个中年男人正跪在一小块木板上，向一群新到的旅客喊着：

“要不要他们帮你们抬行李，带你们爬山？你们爬不动，他们还能背你们，很便宜的！很便宜的！……”

天可坏 · 人要好

“难道你活一百二十岁，

要在同一家公司一做就是九十年吗？

就算九十年你都不腻，公司也会倒哇！”

到加拿大落基山度假，在班夫饭店吃晚餐，旁边桌子坐了两个年轻的日本人，各叫了两只大龙虾，侍者问要不要帮他们剥。

“不用了！我们要练习。”其中一人用流利的英语回答，抬头，发现我正在看他们，又对我一笑，“日本龙虾太贵，这里便宜。”

“听说日本经济状况最近好多了。”我说。

“没有。”两位男士居然异口同声地答，“我们都失业。”

看我怔了一下，一个人又笑道：

“失业真好！所以我们有空出来度假。以前忙死，忙得只有时间赚钱，没时间花钱，现在正好出来花。”

◎

当年SARS流行，百业萧条，打开报纸，看见好大的标题——

《股票跌，张忠谋买新房子》。

翻开报纸另一版，又有个很妙的标题——

《董娘管事，董长泡汤》。

意思是生意不好，董事长不去公司，跑去泡温泉，改由董事长夫人到公司坐镇。

接着跟朋友谈到这事。

“对极了，”他在电话那头笑道，“大环境不好，既然无法改变，就当作度假，往正面想，这是老天给我们机会，要我们回头看看自己的生活、自己的家人。你知道吗，我最近从祖国大陆回来，不得不居家观察，才发现儿子已经上初三，而且比我高了。”

◎

接到个出版界朋友跟我邀稿的电话。

“现在太难做了，书店先跟你猛要书，隔一阵又猛退书，而且租陈列架要钱，贴海报要钱，办活动要钱，参加书展要折扣。”她在那头叹气，“只怕会有一堆出版社和书店得关门，连我都在吃老本。”却又笑了，“也好！我过去几年，一天到晚编书，现在总算有机会看书了。”

“看谁的书？”我问。

“看自己编的书啊！”

“编的时候不是已经看过了吗？”

“那种看，算什么看？不是评估好不好卖，就是校对有没有错字，只有现在才是真看。”

◎

读《纽约时报》的特刊，说因为医学进步，人的平均寿命很快就会达到一百二十岁。但是也因为这改变，使“退休”有了新的含义。

“什么是退休？那不再是六十多岁的事，而是一生可以发生许多次的事。”文章说，“一个年轻人，工作几年，赚够了钱，他可以离开工作，旅行进修，充足了电，再找新的工作。”

文章结尾，问大家：

“难道你活一百二十岁，要在同一家公司一做就是九十年吗？就算九十年你都不腻，公司也会倒哇！”

◎

四年前从花店买来一棵紫藤，虽然勤施肥、勤浇灌，它却不开花。

会不会我买的不是紫藤呢？我终于忍不住，跑去花店抱怨。

“你有没有施肥？”店员问。

“施了！施了！”

“那就对了！”店员一笑，“很多花都是当它营养太多的时候，就拼命长枝子、叶子，等到日子不好过的时候才开花，所以你试着一整年不施肥，连水都少浇。”

我照做，第二年果然开了满树的紫藤花。

◎

想起母亲生前常说的话：

“说什么‘有钱没钱，讨个媳妇好过年’，中国人爱在过年结婚，是因为天冷了，庄稼没了，人闲了，又在秋收之后，大家都有钱，红包包得大。说实在话，过年的时候，冰天雪地，是老天最坏的时候。老天愈坏，人愈要好。”

◎

人生像耕作——

春耕、夏耘、秋收、冬藏。

冬天只是收藏吗？如果总收藏，那谷子是会坏的！

所以冬天是享用的时候。

人生也像登山——

当你拉着绳子、敲着钉子、攀着巉岩、喘着大气，终于登上山头的时候，当然应该坐下来，享受一下风景，也看看四周是不是有更可爱的山。

于是走下这座山，你还能攀上另一座山。

人生的困顿，常不在谷底，而在山头；老天爷要你在山头休息反省之后，再一次攀上巅峰。

嘘！请让我静静地走

我开始怀疑，在将死者的身边诵经、祝祷，会使死者“心安”，还是反而造成“心乱”。

去年中秋节的第二天，跟朋友约好打球，路上觉得眼前的东西亮亮的，过去的经验告诉我——可能要病。

果然网球才打不久，肚子就痛，强忍着打了几局，实在受不了，只好请朋友把我送回家。

冲进屋子，钻进厕所，就崩溃似的泻肚子。起先只是泻，接着吐。吃了止吐药下去，马上又吐出来。试着坐进放热水的浴缸里，还是止不住。

就这样，持续几个小时，皮肤上的血管全凹陷了下去，眼前白茫茫的，要晕倒。

已经没办法移动，只好叫了救护车。才十分钟，警察、医生、救护车全到了。里里外外传来重重的脚步声和对讲机的呼叫声。

我被抬上了担架，转出卧室，进入客厅。太太扶着担架，女儿跟在后面，临出大门，看见九十岁的老母正守在门口。

她脸上居然没有一丝惊恐，只是一个字一个字，用很坚毅的语气对我说：

“你去吧！家里有我，你放心。”

车子呜啦呜啦地开到医院，先抽这个、验那个，再插上管子打点滴。

家庭医生和邻居都来了，站在床边跟妻子讨论病情。不知为什么，胃里乱，心也乱，觉得周遭一点点声音都使我不安，即使是人们的慰问与小声交谈。

那一刻，我只想静静地忍着痛苦，面对自己、面对生命。

◎

记得不久前，看过一部瑞典的电影 *Sofie*，描写住在瑞典的一家犹太人。

经历了困顿、流离、数十年的苦难，一个病重的犹太老人走进客厅，盯着逝去妻子的画像，再回到自己的卧房。

孩子到床边，说了几句安慰的话。

老人颤抖地示意，请大家出去：

“我想一个人，因为如果亲人在场，舍不得，我的灵魂不会快乐。”

大家在门外守着，再进去时，老人已经死了。

看电影时，我就猜想：犹太人是不是有这种习俗，宁愿一个人面对死亡？他们是不是也像佛教徒一样，认为亲人的哭喊，只会使死者舍不得离开，造成灵魂不安，而无法“平安往生”？

接着看《爱因斯坦传》，写父亲在意大利病危，爱因斯坦由瑞士赶去。

父亲只跟他见见面，谈了几句，就一个人关在卧房。等爱因斯坦再进去探视，父亲已经死了。

爱因斯坦是犹太人，他的父亲也用了同样的方法，面对死亡。

◎

躺在急诊室的病床上，我有了很深的感触。

死亡与病痛都是别人无法替代的，只能由死者和病者自己去面对。

若情况尚佳，医生、家人的几句安慰，还能唤起一些生机，使“躺着的人”露出些笑容。

但是，当有一刻，药石罔效，大限将至，就只有由那重病的人，独自面对死亡。

死是“大痛”，在那“大痛”时，自己忍痛都办不到了，哪还有心情听别人的言语？

死是“大限”，在死的另一端，是谁也不知道的另一个世界。就如同被推下悬崖的人，有谁还能回顾？

我开始怀疑，在将死者的身边诵经、祝祷，会使死者“心安”，还是反而造成“心乱”。最起码，我在重病时，宁愿有个独自安静的环境，让我能面对自己、面对生死。

当我们总是要病人“静养”的时候，是不是也应该让他“静死”——

安安静静地死去。

◎

从那次大病到今天，已经半年了。

不知为什么，我心中常浮起两个画面。

一个是妻在床边对我说“孩子没害怕，已经睡了”。

一个是老母站在门边说“你去吧！家里有我，你放心”。

最近在报上看到一篇短文，很感动。

短文写一位老父病危，大家围在四周哭泣的时候，其中一个儿子突然说：

“爸爸，谢谢您的养育之恩。”

我想，当有一天，我将“永远地离开”，我只想听见家人对我说两句话——

> 谢谢您的养育之恩！
>
> 好好走吧！家里的一切，请你放心。

前一句话，肯定了我的存在；后一句话，让我没有牵挂。

然后，就请安静——

嘘！不要哭、不要怕！只轻轻地挥手，让我静静地起程，在另一个国度等你们相聚。

人生何必重新来过

如果有悔，想想，再来一次，只怕还一样。如果有恨，想想，那恨的人与事，也将随着我们凋零。

一位从来不碰股票的朋友，第一次“进场”，就赔了钱，真可以用“伤痛欲绝”来形容。

“本来想赚一笔，没想到，才买，就大崩盘，赶快认赔杀出。”朋友低着头说，“可是才卖，隔两天又涨了。”听声音，他几乎要哭出来，“你知道，我就这么一点钱，一下子赔掉三分之一，气得真想跳楼。”

“你当时为什么不等两天，看看情况再脱手呢？”我问。

“就是啊！我就是后悔，骂自己为什么那么急着卖，如果等两天，不但不赔，现在还赚了。”他狠狠地敲自己的膝盖。

我拍拍他：“如果时光倒流，你完全不知道后来会涨，现在又回到崩盘的时候，我问你，你是不是就不卖了？”

他想了想，抬起头，盯着我说：“我还是会卖。”

“为什么？”

“因为我年岁大了，孩子还小，我不能不为孩子留个老本。”他突然变得很肯定，“我不能冒险！”

“这就是了！”我说，“时光倒流，你还是一样，又有什么好后悔的呢？”

他先没说话，过了一会儿突然笑起来：“是啊！有什么好悔的呢？”

◎

以前办公室有位女职员，长得很漂亮，但是命很不好。

“要是当年我爸爸不那么早死……”总听见她对同事说，“我也不会休学，不会那么小就去做事，不会碰上那个浑蛋，不会十九岁就拖个孩子，不会又被甩了，苦成这样。”

她很聪明，学得快，动作快，又有耐性。几个主管常私下讲：“她要不是高中都没毕业，真可以把她升上来。”

最近又遇到她跟几位老同事，我就请大家一起去喝杯咖啡。

结账的时候，我把账单抢过来。她在桌子另一头笑道：“连税二十三块，对不对？”

我吓一跳，说：“你真厉害！”

“我很聪明的。”她歪着头，“你不是早知道吗？”

“是啊！”我感慨地说，“你当年要不是父亲死得早，说不定今天当教授了。”

她没答话。别的同事却接过话：

“她现在不谈以前了。”

“对！”她用咬着牙的表情说，“我儿子刚考上布朗士科学高中，你知道吗，有了他，我很满足。”想了想，又加一句，“如果重新来过，也不会有这个儿子，不是吗？”

◎

看电视《真情指数》节目，主持人蔡康永访问名作家柏杨。

“我只因为一行字，被关了九年零二十六天。”柏杨回忆过去那段被迫害的日子，沉沉地，一个字一个字地说，“失去了生命、健康和人格权……”

“如果把那十年牢放在你面前，你是不是就不写了？”蔡康永问。

柏杨一笑：“不写不可能，这是命中注定的，个性造成的悲剧。”

◎

前年暑假，搁下台北忙碌的工作，飞到安克拉治，与由纽约飞去的太太、儿子和女儿碰面，再一起游阿拉斯加。

不知是否在桃园机场吃坏了，从上飞机就开始胃痛，而且一路痛下去。

饭后特别厉害，天气愈冷愈糟，仿佛有把尖刀在胃里绞，怎么吃药都不管用。

夜里，躺下来就更痛了。痛得浑身冒冷汗，湿透了睡衣和床单。但我忍着，不吭气，听一双儿女的鼾声。

就这样，我躲在厚厚的羽绒服里，陪着一家人，由安克拉治坐汽车、坐火车、坐船，游了一个又一个冰河，去了北美最高的麦金利山，再转往北极圈的费尔班克斯。

十几天的旅行结束，回纽约看医生，才知道是胆囊炎。

“早不犯、晚不犯。”我对医生抱怨，“为什么难得一家人旅行的时候犯了？”

“蛮危险，当时要是破了，就麻烦了。”医生笑，“不过，你不是也玩下来了吗？”

“玩下来了。”我回家对妻说，“一路痛苦地玩下来，为了补偿这次的遗憾，我改天要重走一次。”

转眼，两年过去了。常想到那次的“痛苦之旅”，常把当时拍的照片拿出来看。

每一次“快门”，记忆中似乎都是在疼痛中按下的，摄下了妻子儿女的笑。

妙的是，我居然没有漏过任何精彩的景色，即使在风雪中游冰河的那天，仍然站在甲板上拍下许多很好的画面。

我开始自问：我漏掉了什么？有什么遗憾？我只是少吃几餐美食，少睡了几个大觉。其实什么壮阔的风景，我都没错过。

甚至可以说，因为在痛苦中，那冰河的冷、硬、蓝，变得更悲壮，印象更深刻。

也因为我忍着剧痛，作了牺牲，使我对家人，更多了一种特殊的爱。

◎

想起有一次跟朋友打网球，正巧以前的教练经过，我就问他：“你觉得如何？”

“很烂。”他扮个鬼脸，“很多该接到的都没接到，很多该赢的没赢。”接着对我喊，“但是很精彩！”

“这是什么意思？”我追问。

“有些人的球打得好，双方在底线抽来抽去，好，但是不精彩。”他笑道，“你们两个虽然技术不好，却很拼，所以跑来跑去，很精彩。”

我常回味他的那句话——

打一场很烂，却很精彩的球。

我也常回味那次的阿拉斯加之行，觉得那就是一次很烂却很精彩的旅游。

人生就像这么一场球、一次旅行。

我们可以遭遇很坏、命很苦、表现很差，该赢的都没赢。

但是，在那苦难中，我们也坚持到底，度过几十年的岁月。看着大时代的变迁，看着恋人的来去、子女的成长、世事的繁荣与萧条。

无论甜或苦，我们都走过来了。如果有悔，想想，再来一次，只怕还一样。如果有恨，想想，那恨的人与事，也将随着我们凋零。

我们确实可能打了一场很烂的人生球。

幸亏它很精彩。

回忆中一点也不比别人逊色。

而既有的已经有了，既失的已经失了。在我们阴错阳差中诞生的下一代，已经成行成荫了。

人生啊，就是如此，已经完满!

何必重新来过?

只恨不在同一个世界

古往今来，在情海中、人海中，

许多分离都是如此无奈。

不怪情，也不怨人，

只恨——他们已经不在同一个世界！

接到一个女孩子的信，问我有没有看过美国电影《律政俏佳人》（*Legally Blonde*），说她就像电影里的女主角，被上台大的男朋友甩了。现在她正昏天黑地地K书，非考进台大不可，而且要进她男朋友那个系，在系里跟他拼，然后在那男生回心转意的时候，把“他”甩掉，报一箭之仇。

才看完信，就跟个从美国回来的女学生吃饭，闲聊中提起那部电影。

“我也看过啊！”女学生一笑，“宿舍的同学一起去看的，讲一个女生被男朋友甩，再甩她男朋友的故事。”

“于是那女生报了一箭之仇？”我问。

女学生一怔，笑笑："怎么说报仇呢？起先男生去东岸念哈佛，女生在西岸，一东一西，根本不在同一个世界，当然会吹。"

"后来女生不是也上哈佛了吗？男生不是也回头了吗？"我又问。

"男生是回头了，可是他不如女生，比女生差多了，女生还没毕业就出庭当律师，那男生却还像个小朋友，他们当然会吹，他们不在同一个世界了。"

◎

儿子初中时，念附近的天主教学校，交了一票朋友，一下课就来家找。

可是上高中，我们经过一番挣扎，送他进了远在曼哈顿的史蒂文森高中，每天单单上、下学搭车就花掉三个钟头。渐渐地，附近的朋友不来找他，他也不再去找那群当年的死党。

"你平常是因为没空，为什么放假也不去找老同学玩玩呢？"我问他。

"他们太不成熟了。"儿子撇撇嘴，"有一天我说去新泽西州的大冒险乐园，他们居然把眼睛瞪得好大，说'什么？那多远哪！'你说好笑不好笑？"叹口气，"我们已经不在同一个世界了。"

◎

少年时去爬山，也遇过这样的情况——

一群爱登山的朋友，由台北近郊的大屯山、观音山和乌来内山开始登，愈爬愈高，终于上了合欢山、大雪山和玉山。

队伍里起初有一对情侣，总是相互照顾，可是当大家愈爬愈高，他们却吹了。

原因是每次攻顶，只要过了一定的高度，那男生就脸色惨白，好几次被紧急抬下山。可是只要下到一定的高度，他又立刻“返魂”，生龙活虎起来。

反倒是那女生一点没有“高山症”，起先她都陪男生留下来，目送大家继续爬，后来男生劝她也去，反正没多久就下来了，她才勉强同意。

到高山是不能多想事的，一方面因为危险，不能分心；一方面因为缺氧，脑袋不灵光。那女生一上山，就好像把男生全忘了。

有一天，从山头下来，一群人满身泥泞汗水地走进休息站，发现等在下面的男生正跟另一个女生喝咖啡。

从那天起，没再看见男生，倒是女生继续爬，而且又交了个可以相互扶持的“山友男朋友”。

“没办法！”女生说，“我们已经不在同一个世界了！”

◎

更妙的是我父亲的邻居——

大家都是台北六张犁山上的“阴宅居民”。据管墓园的老张说，就在我父亲坟头上面一排，有两个相邻的墓，起先总有个少妇来哭她早死的丈夫，也有个男人来凭吊他逝去的妻子。

渐渐地，两个人聊起来，一起下山，甚至一起上山。

又过一阵子，两个人都不见了，原来结了婚。

“这有什么办法！这是好事啊！”老张指着那两个坟，咧着没牙嘴用他的胶东腔喊着，“他妈 ×！谁让你们早死呢？一个阴一个阳，不在同一个世界了嘛！”

◎

参加旅行团到挪威和瑞典去，起先团员彼此都陌生，只跟自己人在一起，渐渐形成小圈子，又渐渐打成一片，一起唱歌、一起逗笑、一起跳方块舞，我的女儿拉小提琴，我秀我的写生，南非的一对夫妻唱他们的国歌，尤其到三个星期行程要结束的那几天，大家更是依依不舍。

“最后的晚餐，”一个灰白头发的老太太跑来搂着我和妻的肩，感慨地说，“我真不懂，大家这么好，为什么每个旅行团结束之后，却都一下子，全不见了，而且失去联络，这是怎么回事？我真不懂！我真不懂！”她不断地摇头，眼睛里闪着泪光。

问题是，旅行团结束了，虽然交换了地址，我却没收到她的信，几度想提笔写个卡片给她，也终于没那么做。

◎

是啊！为什么旅行团里交的那么好的朋友，一朝分散就多半失去联系？不是说好，大家还要再一起去旅行吗？不是有人讲要写旅行心得寄给彼此吗？不是有人要把照片从网上送给每个人吗？

言犹在耳，为什么全说话不算话？

或许因为旅行太快乐了吧！把俗世的一切全抛在脑后，大家尽情地放松、尽兴地游玩，好像在天堂一般。

只是旅行结束，也就是坠入凡尘的时刻，大家重新面对的是沉重的工作、烦琐的家务和纷乱的人情。于是仿佛饮了忘川之水，忘却了天上的一切。

就像那攀在巅峰的女生，面对的是危险的巉岩和稀薄的氧气，她怎么能够去思索她在山腰喝咖啡的男朋友？

就像那扫墓的“未亡人”和“杖期夫”，冰冷的墓碑，禁得起多少单边的倾诉？

古往今来，在情海中、人海中，许多分离都是如此无奈。不怪情，也不怨人，只恨——

他们已经不在同一个世界！

生命的上升与下落

“你是我的女儿，
但是我竟然没有回信给你，
实在感到深深的愧疚。
收到这封信之后，请给我回信。”

到贵州深山的一所希望小学去，学生们排成两列，摇着小红旗子；穿着苗族服饰的家长，唱着迎客歌，送上一杯又一杯小米酒。村长、校长、老师一一致辞，然后大家在教室前合影。

从头到尾，都有个漂亮的六七岁的娃娃，站在我身边。起初以为是学校特别安排的，后来才发现并没有大人指点，她就亦步亦趋地跟着；直到我上车，都站在人群前面，目送我离开。

“那个小娃娃好漂亮，很奇怪，她一直跟着我。”我一边回头对她挥手，一边对同行的朋友笑道，“说不定如果我叫她跟我回纽约，她也会跳上车呢！”

“当然！”朋友居然斩钉截铁地说。

“当然？”我一怔，看他，“她怎么可能离得开娘？”

“当然离得开！”朋友笑笑，“在贫苦的地方，每个孩子都要争出头，希望走出去。所以盯着你、跟着你，是她的本能。”接着，她数了一串当今在祖国大陆响当当的名字，“他们哪个不是从穷乡僻壤走出来的？现在又有几个人知道，他们当年连裤子都没得穿？谁叫他们有本事啊！会钻哪！所以能出头……”

◎

她的话让我想起旧金山的一个朋友，十几年前，一家三口挤在一个车库里住，夏天热得能煎蛋，冬天冷得能做冰块。那丈夫在祖国大陆据说是个石匠，跳船到美国还做粗工；那妻子则又粗又细，她尤其好打听、能跟风，附近中国太太买什么花，她也去买，没地方种，就放在车库前。看见白人屋主吃什么，她也照买，不会吃，吃得直吐，她还硬吃。虽然两口子非法打工没赚几文，但是孩子穿得比有钱人还体面，限量生产的名牌运动鞋，她儿子先穿，大家都买不到的“卷心菜娃娃”，她儿子先有。

华人圈的朋友常说她爱虚荣。问题是，她也能拼命，她一家一家做管家，一家一家送饺子外卖，没几年美国大赦非法移民，他们就出头了。先搬进独门独院的房子，孩子又进入常春藤名校，他们家吃的用的，样样领先，据说还教四周华人太太吃鱼子酱呢！

◎

二〇〇三年年初，预言家预言，美国六年内将出现历史上第一位黑人总统。

在台湾地区听到这个新闻，朋友都笑：“太过火了！”

可是我相信，美国人心里有数，那“黑人”指的是国家安全顾问赖斯。

据说赖斯的外祖母是“白人主子”和“黑女奴”生的，所以她有八分之一的白人血统。

在美国，就算你有八分之一黑人血统，都可能被认为是“黑人”，所以黑黑的赖斯，十岁那年跟着父母去华盛顿游玩时，竟因为是黑人，而不能进白宫参观。

在白人学校里，赖斯也受尽歧视，虽然拿全A，学校还说她不是念书的料。但是赖斯证明了她自己——不但赢得丹佛青少年钢琴大赛冠军，而且高三直接念大学课程，二十六岁就拿到国际关系的博士学位。更在一九九九年被礼聘进入白宫，成为布什最倚重的官员。

而今甚至有人猜测，她将成为白宫的主人。

◎

赖斯的故事，让我想起最近美国一本畅销书——《佩罗的秘密》（*Pearl's Secret*）。

黑人记者尼尔·亨利（Neil Henry）有一天跟母亲聊天，母亲说她的外曾祖母和一个白人相恋，生下她的外祖母佩罗。但是不久之后，这对黑白恋人就分手了。佩罗后来过得很苦，写信给她的白人父亲，却石沉大海，直到两年之后，才收到父亲的回信。信上是

这样写的——

亲爱的佩罗：

在整理保险箱文件时，见到你和你女儿的照片，以及你在一八九九年五月三号写给我的信，你是我的女儿，但是我竟然没有回信给你，实在感到深深的愧疚。

收到这封信之后，请给我回信。

父亲亚瑟·约翰·贝蒙特

佩罗收到信，正兴奋，却接到一个朋友寄给她的讣闻——老人已经死了。

距离那封信上的日期不过五天。

《佩罗的秘密》里，作者一路寻访到她早已家道中落的白人亲戚，有人热情，有人冷漠，还有人曾经是攻击黑人的三K党成员。但是比较起来，佩罗的后代虽然在白人社会受尽屈辱，却一一得到高学位，成为名记者、名作家。

◎

合上书，眼前浮起一个病危老人颤抖着双手，阅读他黑人女儿来信的画面。

那信在保险柜里躺了两年，他是真忘了，还是故意不去理睬、不敢理睬？

我也想当他提笔写那封忏悔信时的心境，那悔可能藏在他心中几十年，终于在死前五天，说了出来。

但是在这时间的长河里，得意与失意，荣华与萧条又有多大分别呢？沉在水底的总会往上挣扎，于是后来居上，崭露头角；原本显赫一时的，又可能散尽家财，成为昔日王谢，沉在时代长河的底层。

中国人常说“不富三代，不懂吃穿”，意思是暴发没有用，那高级品位总得一点一点学，学上三代，才能真懂。只是中国人不也说“富不过三代”吗？在这三代之间，低品位的成了高品位，高品位的又可能成为贫民。

◎

世事浮沉、沧海桑田，大概就是如此吧！

想起一则笑话——

一个大老板看见工友在拖地，就过去说：“好好干！想当年我也当过工友。”

那工友笑笑：“您也好好干！想当年我也是个大老板。”

也想起尼采在《查拉图斯特拉如是说》中的句子——

人的伟大，在于其为桥梁而非目的；人的可爱，在于其为不断地上升与下落。

在生之流中泅泳的人们，没有尊卑，只有浮沉；没有永恒，只有轮回。

富不过三代，也穷不过三代；主人可以成为仆人，仆人也能成为主人。生生世世，我们只是不断地上升与下落。

生之流里的挣扎

“他一辈子做硬汉，

‘二战’诺曼底，他当班长，跑在最前面，

没被打死……

现在不能走，他不信，非来不可……”

和朋友一起观赏美国网球公开赛的电视转播。

高龄三十一岁，已经将近两年未得冠军的桑普拉斯，居然大发神威，以三比二击败阿加西，拿到他生平第十四座“大满贯赛”的金杯，也成为一九七〇年以来最老的冠军球王。

“原来以为他不行了，没想到还能称王。”球赛结束，朋友站起身说，但接着又叹口气，“真可喜，也真可悲，不知道为什么有一种落幕的感伤。”

“为什么？”

“因为这很可能是他的最后一个冠军，他还能得吗？”

“在这之前，大家不也说他过气了吗？”我说，“他还不是得了？看看，他今天打得多好！”

“好！问题是老了，该是说再见的时候了。”

◎

九月十一日，世贸中心的废墟上正举行追悼仪式，不知是不是老天也感到悲哀，纽约地区居然刮起了飓风。

院子里飞沙走石，风定之后，到园中检视，真可以用“劫后”来形容——向日葵折断了，盆栽的香蕉翻倒了，玉兰花的叶梢全变得又黑又黄，曼陀罗只剩下秃秃的枝子，更不用说原本就已经半死的黄瓜藤了。

也就趁这个机会，为院子来个大清理。没想到正抓住黄瓜藤往外扯，岳父却从屋子里跑出来喊：

“还有黄瓜呢！”

我笑笑，举起手上刚摘下的细细小小的一条黄瓜：“我已经摘了。”

“还有花呢！”他又喊。

“有花又如何？已经中秋了，那花还能结果吗？”

想起多年前一次奥斯卡颁奖典礼，一位老牌影帝和一位老牌影后在台上彼此调侃——

“怎么样，典礼结束后有空吗？”老影帝问。

“可以啊！你还要请我吃消夜吗？”

“当然！”

“然后呢？请我去喝一杯吗？”

“当然！”

“然后呢？请我去大饭店？”

“当然！”

“然后呢？我们进了房间。”老影后对老影帝笑笑，“然后怎么样？我们还能怎么样？”

台下响起一阵笑声。在笑声里，两个老家伙颤颤悠悠地鞠躬，拉着手，勉强挺直了腰，走向后台。

◎

参加北欧旅行团。

大概因为属于“行程缓慢”的那种团，放眼望去，三十七个团员多半是已退休的老人。

第一天用餐，一个老先生，一手拄着拐杖，一手费力地伸直了去拿盘子，我就帮忙，递给他，又让他走在前面，为他夹菜。

奇怪的是，他有太太，那太太只管自己，不管他。

连走路参观时也如此，只见老先生拖着特大而沉重的身躯，一脚轻、一脚重，勉强地跟在队伍后面，却不见老太太。再转头，才发现老太太早走在最前方。

直到有一天，与他们同桌吃饭，才知道那是老先生坚持的。

“他一辈子做硬汉，‘二战’诺曼底，他当班长，跑在最前面，没被打死；回家乡他开五金行，每天一个人搬货，没被压死；现在不能走，他不信，非来不可，而且说好了不准我扶。”那太太笑嘻嘻地说，就见老先生在旁直点头。

◎

瑞典的旅程结束，到丹麦；丹麦的“石砖路面”也没整垮老先生，终于到了挪威。

一群人早上参观奥斯陆著名的维格兰雕塑公园（Gustav Vigeland Sculpture Park）。导游问老先生，有好长一段路要走，行不行？要不要安排轮椅？

老先生摇摇头。于是又听见他那一只脚刮着地面，一只脚沉沉踏步的足音，响在人群的后面。偶尔声音停了，回头，则看见他正歪着身子喘气。

当天就听说他摔倒了，午餐时看他拿盘子实在太辛苦，我又帮了他一下。

晚餐，我是带着妻女在外面吃的，回旅馆发现大厅里坐了一圈人，围着中间轮椅上的老先生。

“他不能继续了。”有人对我说，“膝盖裂了，内出血。”

我和妻过去安慰他，十三岁的女儿也去拉着他的手。

“可惜不能听你演奏了。”老先生笑着对小丫头说。

“你不会错过的。”我说，接着叫女儿回房间拿来小提琴，为他奏了一曲 *Bruch Violin Concerto No.1* 的第一乐章。

琴音在大厅里飘荡，突然，这坚毅的老人掩住面，泪水从他的指间流下。

◎

看教育台播出介绍鲑鱼的影片。

小鲑鱼进入大海，要经过许多年才会成熟。

然后有一天，它的喉咙开始变窄，胃开始缩小，它不再能大量进食，上天开始对它下达命令：“你要洄游到你出生的地方。”

于是它开始了漫长的旅程，逆着溪流而上。

那溪水是湍急的，尤其是冰雪解冻的夏天，有些地方简直就是瀑布，却见那些鲑鱼，拼命似的往上蹿。

它们确实是拼命的。即使见到棕熊正站在水中猎食，见到同伴的尸体正被老鹰撕裂，尸块顺流而下，它们仍然前仆后继地向上冲。

然后，它们终于到达溪流的尽头，开始交配、产卵。

然后，死亡。

画面中，可以看见那些濒死的鲑鱼，浑身伤痕，鳍已破裂，有些巨大的伤口，清楚地见到里面浅橙色的肉。难以想象，它们是怎么经历千百英里的逆流和长达两个月的旅程。

它们多像历劫归来的老兵，拄着拐杖、绷着纱布、残了身躯。

这些完成责任的鲑鱼，有的早死了，有些依然在溪里挣扎着游来游去。

不知为什么，这画面总留在我心底。总让我想起那个叫山姆的老人、他的脚步声，以及他的泪。

我觉得那鲑鱼的影片如果能在产卵时就结束，会让我舒服得多。

我觉得这世上的每个人，都像是那么一条在生之流里挣扎的鲑鱼……

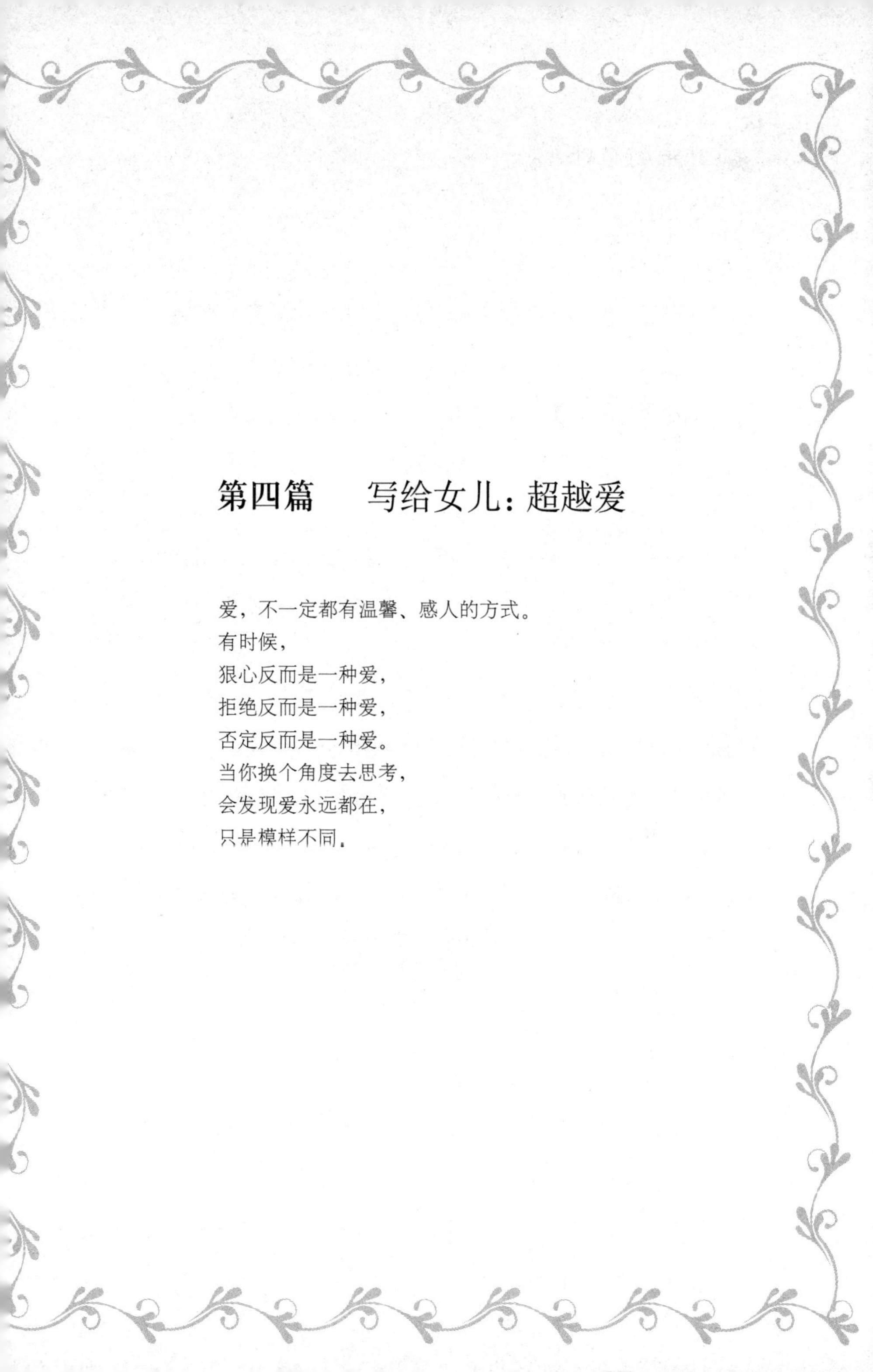

第四篇　写给女儿：超越爱

爱，不一定都有温馨、感人的方式。
有时候，
狠心反而是一种爱，
拒绝反而是一种爱，
否定反而是一种爱。
当你换个角度去思考，
会发现爱永远都在，
只是模样不同。

只因为我看到

如果世上每个人都能“因为看到”而去帮助那些需要帮助的人，即使每个人看到的只有一两个人，加在一起不就是全人类帮助全人类吗？

“孙长珍小妹妹的眼睛已经完全看不见了。”

昨天燃灯助学基金会的张阿姨在电话里告诉我。

我是去年秋天到贵州去看“帆轩四小”的时候，见到长珍的。那一天，虽然早说好不要有欢迎的仪式，家长们仍然穿着苗族传统的服装，唱着歌，递给我一杯又一杯他们酿的美酒。几十个小朋友则摇着小小的红旗子，欢迎我和当地教育官员的到访。

每个小朋友都露出纯真的笑容，我跟他们一一握手，在低年级的小朋友中，握到一个高个儿女孩子的手，她没有笑，茫然地看着正前方。我细看，发现她两只眼睛的黑眼珠都是白的，只有左眼，在一片翳障之间，略略有些透光的地方。

“你的眼睛怎么了？”我问她。

“快看不见了。”她小声地说。

“还能读书吗？”我又问。

她没答。

“有没有去看医生？”我再问。

她隔了好几秒，才挤出两个字，又因为乡音很重，我没听懂，还是在一旁的校长补了一句：“她说‘没钱！’”

我当时没有多讲，进教室听小朋友致欢迎词，跟校长老师们讨论建校的事情，接着在门口合影。

可是我心里一直惦记的，是那个半盲的小女孩。

临走，小朋友又排队送我。我特别在队伍里找，找到她，问她的名字，知道她叫孙长珍，今年十一岁。

然后，我蹲下来，蹲在她的面前，拉着她的手，对她说：“没钱，没关系，叔叔帮你找医生。”

我坐的车子，驶离校门，开上那崎岖不平的乡间小道，校长和几位老师走到车边挥手。我又摇下车窗，对校长说：“叫长珍放心，我想办法为她治。”

◎

隔天我去了遵义，再隔一天，飞去北京，但是已经拜托贵阳西西弗书店的朋友，把长珍带去贵阳眼科医院检查。

报告立刻传到我手里，但不太乐观，说她只剩左眼还有零点一五的视力，双眼角膜都有白色混浊，虹膜与角膜都有粘连，瞳孔又被牵拉变形，眼底则无法看得见，还不知道网膜的情况……

我不死心，回中国台湾之后，又请北京的曲阿姨，把长珍的检查报告拿到著名的协和医院。医生看了也摇头，说虽然可以角膜移植，但是不能恢复视力，因为长珍眼疾已经拖了五六年，有了弱视，又可能有“继发性”的青光眼……

◎

回到纽约，我立刻把这消息告诉燃灯助学基金会的朋友。多令人感动啊！燃灯的张温洳阿姨不但在今年春天亲自去了贵州惠水，还带了医生，再为长珍检查。

只是，去的医生也摇头。

“长珍立刻就哭了，”张阿姨回来说，“我也好伤心，可是能怎么办呢？所以给了她一些钱，安慰她。”

我和你妈妈还是不死心，向美国医生请教，开医院的王绪伯伯说把病历给他，他去找眼科医生研究。

只是，检查报告都不太完整了，没有很详细的说明，也没有清楚的照片，单凭那简简单单几行字和一张普通大头照，医生很难判断。

就在这时候，也就是昨天，我们得知：

长珍已经完全失明。

◎

难道她终生再也看不到了吗？难道我们就此完全放弃了吗？

许多朋友说：这世上需要救治的人太多了，我们可以去捐建更多学校，让更多孩子读书，不必为一个孩子花那么多钱。

但是，我也想到中国台湾的慈济人，帮助长江水患的灾民重建家园，有人问她为什么这样做时，她说：“只因为我看到。”

是的！孩子！

只因为我看到，只因为我们知道，只因为她是我们捐建的“帆轩四小”的学生。在这茫茫人海中，我们居然能相遇，有这样的缘，我们就该尽力。

昨天，我想了一夜，决定把长珍接到北京，再做一次详细的检查，能换角膜就换，即使不能保证成功，也要再试一次。

◎

孩子！

“只因为我看到！”这是一句多么简单却又意味深长的话！如果世上每个人都能“因为看到”而去帮助那些需要帮助的人，即使每个人看到的只有一两个人，加在一起不就是全人类帮助全人类吗？

孩子！我多高兴啊！

今天傍晚，当我跟你说长珍小朋友的事，你先低着头听，隔了一阵，抬起脸说：

“长珍什么时候去北京检查？我也想去看她。”

（编者按：二〇〇四年初，刘墉夫妇已经与刘轩、小帆一起陪孙长珍在北京同仁医院治好了一双眼睛，医生说长珍未来生活不成问题了。刘墉一家还在隔年八月去贵州惠水看望孙长珍，小帆为长珍和她的同学们做小提琴演奏。这些年，刘墉一家致力于大陆的公益活动。目前，刘墉先生已在大陆捐建四十所希望小学。）

如果爱丽丝是黑人

十年前，你哥哥交了一个黑人女朋友，我们一家都很反对。觉得种族虽然平等，但中国社会无法接受。

“奇怪！我画给小帆，教她着色的那张画，每天都看她画一点，今天却没见她画，而且图画都不见了。”

爸爸昨天晚上偷偷问妈妈。

妈妈很神秘地笑笑：“她把图画里女孩子的脸画坏了，她说本来想涂成淡淡的皮肤色，却涂得太深，变成了西班牙人。”

“西班牙人有什么不好呢？”爸爸很不懂地问。

妈妈则说：“但是她想把那女孩子画得像爱丽丝。爱丽丝长得很白。”

今天午餐时，爸爸装作不知道，一边吃饭一边问你：“你的那张娃娃图画呢？”

你没答，妈妈却耸了耸肩，爸爸只好接着说：

“听妈妈讲，你把脸涂深了，看来像西班牙人，可是西班牙人有什么不好呢？”

你把筷子放下来，歪着头：

“但我画的是金头发、蓝眼睛，当然应该是白皮肤。”

爸爸笑了起来，问你：

“你看！游泳池旁边，那些金发蓝眼的女生，不是都故意去晒，晒成棕色的吗？金发蓝眼当然可以有棕皮肤。”

你猛摇头，好像要哭的样子说：

“但我要画的是爱丽丝啊！爱丽丝是白皮肤的！”

◎

这下子爸爸懂了，怪不得你把那女孩绑头发的缎带涂成黑色的，八成迪斯尼卡通里的爱丽丝就绑黑发箍。爸爸前两天看你涂成黑色的，还直纳闷呢！

想到这儿，爸爸又笑笑说：

“但爱丽丝也可以是棕色皮肤的啊！查尔斯·道奇森的《爱丽丝漫游仙境》是写给天下所有小朋友看的。小朋友有白有黑有棕有黄，每个人都可以配合自己的肤色，把爱丽丝画成不一样的啊！”

爸爸还追问你：“凭什么爱丽丝不能是黑皮肤呢？难道黑皮肤的爱丽丝就不美吗？”

◎

谈到黑皮肤，你记不记得小时候，有一次奶奶和婆婆一起赞美你长得皮肤好白、好漂亮的时候，爸爸在隔壁房间听见，赶快冲过去，加上一句：

“不是只有白皮肤才漂亮。每种皮肤都有它的美，黑人也是很美的。”

爸爸为什么这样说?

因为爸爸不希望你有种族歧视，认为黑人丑、黑人笨，歧视黑人。

你想想，当你歧视黑人的时候，白人是不是也要歧视我们黄种人呢?

如果有一天，你交了个白人朋友，到他家去，他的爸爸妈妈用奇怪的眼神看你，还把他的儿子拉到一角，指指点点地议论，你会不会伤心呢?

那真是会伤心的，因为伤到的是自尊心。

很简单，昨天你跟妈妈说你把爱丽丝画成西班牙人，你不要了。

如果这句话让你的西班牙裔朋友听到，他会不会伤心?

同样的，假使一个白人同学涂色时，涂成黄皮肤，他把那画一甩，说:“我画坏了，画成黄皮肤的亚洲人，我不要了！”

你听到，会有什么感觉?

◎

孩子！我们活在一个大世界，也活在一个小世界。

这个大世界上有七大洲、四大洋，有许许多多的人种、不同的肤色。

但是只要你坐上火箭，飞到大气层外，回头看，就发现这大世界不过是个“圆圆的小地球”。那是个地球村、地球岛——

一个绿绿黄黄圆圆的岛，浮在蓝蓝的宇宙海洋之中。

我们共同拥有一个地球，都住在上面，在上面生活，为什么要去歧视我们的邻居呢？

他们是与我们有“缘”的人哪！

◎

谈到缘，你想想！

一个黑人女孩，生在黑人的家庭，有着黑人的父母，她在被生下来之前，能够知道她是黑人，可能被白人歧视，而说她不愿意来到这个世界吗？

人不能选择自己的种族，她生下来就是那个样子。

如果因此，她就要被歧视，她的黑皮肤就要被认为难看，对她不是太不公平了吗？

◎

人生而平等，这平等先要从尊重开始。

我们要别人尊重我们，要白人社会公平地对待黄种人，我们也要尊重别人，尊重黑种人、棕种人。

当黑人被歧视、遭到不公平待遇的时候，我们也应该为他们说话。因为为他们说话，就是为自己说话，使我们黄种人也不被歧视。

所以，尊重别人就是尊重自己。

提到尊重自己，爸爸告诉你一个有趣的发现。

二十多年前，爸爸刚来美国的时候，黑人小孩都抱金发蓝眼的洋娃娃。

但是今天，你处处看见，黑人小孩抱黑皮肤的娃娃玩。

这是值得高兴的，因为证明了黑人小孩不再认为只有金发蓝眼的娃娃美丽，他们开始以自己的肤色为荣。

◎

再告诉你一个故事：

二十多年前，当爸爸在南卡罗来纳坐旅行巴士的时候，明明车上很空，却发现爸爸的位子在车子最后面。巴士中间空着，白人全坐在前面。

爸爸当场就冲下车，找卖票的理论。

结果，爸爸换成了前座。只是，爸爸一路上，每次回头，看见后面坐的黑人，就觉得很不好意思。唯恐我去要求坐在前面，反而表现了对后面黑人的歧视，表示我不愿意坐在他们中间。

二十多年来，爸爸常想，当时应该怎么做，才能造成大家好的感觉？

爸爸终于想到了，就是争取所有的黑人跟白人一起坐，大家不分种族，一律平等。

◎

爸爸也对以前做的一件事表示后悔。

十年前，你哥哥交了一个黑人女朋友，我们一家都很反对。觉得种族虽然平等，但中国社会无法接受。

有一天那黑人女孩来家里玩，她的爸爸特意开车来接她回家。

爸爸跟那黑人女孩的父亲握了手、聊了一下，看着那黑人爸爸搂着女儿走下门前的台阶。

现在，爸爸搂着你的时候，常想，在我眼里，你是最美的孩子；在那黑人爸爸的眼里，他的女儿也是最美的孩子。

爸爸希望世界上每个人都说你美。爸爸凭什么在那个时候认为“她”不美？

所以，今天爸爸要对你说：

棕皮肤的爱丽丝、黑皮肤的爱丽丝、黄皮肤的爱丽丝和迪斯尼画的金发碧眼的爱丽丝完全一样。

她们都很美！

你懂得自割吗?

你甚至要学会，有一天碰到坏人绑架，当他们凌辱你、侵犯你，而你知道反抗没有用的时候，要忍耐。

“我看到一只蜘蛛！我看到一只蜘蛛！”

你今天中午从楼上叫着跑下来。

爸爸赶快拿着镊子，跟你上楼。

果然在你书桌旁边的墙上，正有一只蜘蛛站在它的网里。

爸爸一镊子，就夹住它的一只脚，它先蜷成一团，想装死，接着发现没有用，又拼命地挣扎。

我们兴奋地跑下楼。你一边跑，一边问：“蜘蛛会不会跑掉啊？”

“不会！”爸爸说，“因为它不会‘自割’，所以虽然八只脚只被夹住一只脚，而且夹在尖尖上，它还是跑不掉。”

爸爸打开螳螂的笼子，又用镊子夹着蜘蛛，伸到你的宠物螳螂前面，不到一秒钟，蜘蛛已经被螳螂抓去了。剩下一只断脚，还夹在镊子上。

爸爸看了看那只断脚，感慨地对你说：

“你看！它的脚还是断了。它要是会自割，牺牲一只脚，说不定早就跑掉，而不致送命了。”

◎

你说你不懂什么叫“自割”，现在爸爸就解释给你听吧！

“自割”是动物的一种逃生方法。爸爸小时候，到了夏天，窗子上常有壁虎爬来爬去，壁虎就会“自割”。

有一次，爸爸打一只壁虎，它在前面跑，爸爸拿着扫帚在后面追，突然壁虎分成了两截，一截在地上扭动，一截钻进了墙缝。

在地上扭动的那截，原来是它的尾巴。妙的是，那尾巴虽然离开了身体，还是会动，于是吸引了爸爸的注意，让那壁虎逃掉了。

这就叫作“自割”——在紧要关头，牺牲自己的一部分，来求保命。

这世界上天生会“自割”的动物很少，但有许多动物知道在紧要关头，用它们的智慧，做出“自割”。

有些野兽，被猎人的捕兽夹夹到腿之后，会一口口咬断自己的腿，强忍着痛，用那剩下的三条腿，一跛一跛地逃跑。

所以当猎人发现兽夹上只夹到一条血淋淋的断腿时，就知道他遇上了一只够聪明也够狠的动物。

◎

但是，孩子！你知道吗，世界上最懂得“自割”的是什么动物？

不是狮子、老虎、豹子或山猪，而是人哪！

爸爸曾经在报上看过一则新闻——

一个伐木工人，在砍树时发生意外，被倒下的树干压到了一条腿。当时只有他一个人。

那条腿被压得很紧，树干又很重，他怎么都没办法把腿拔出来。

天渐渐暗了，树林里传来野兽的吼声。寒冷的山风冻得他发抖，他心想，这样下去，就算不被猛兽咬死，也得被冻死。

你猜，他会怎么做？

这位伐木工人，居然先撕裂衣服，绑住那条被压住的腿的上端，再拔出腰间的小刀，咬紧牙关，一刀刀切断那条腿。

然后他拖着断腿，爬上车子，开车冲下山，冲到了医院。

医院立刻派人带着起重机赶上山，抬起树干，拿出他的断腿，再送回医院，彻夜以显微手术，把断腿接了上去。

那位伐木工人不是用“自割”救了自己一命吗？

◎

“自割”的种类很多——

当一个人因为糖尿病，腿部出现坏疽的情况，为了保命，他可能得把腿切除；当一个女人得了大肠癌，她可能得把大肠切除，并且把剩下的那段肠子接在肚皮上，做成“人工肛门”；当一个人得了乳癌，她可能得将整个乳房切掉，换上假的乳房。

同样的道理，如果有一天你坐车，车子里出了问题，冒出浓烟，或在家里，发生了火警。

你应该急着穿衣服，找你的宠物和宝贝，还是先跳出车子、跑出房子?

你当然应该牺牲你的宠物和宝贝，它们虽然珍贵，但更珍贵的是你的生命。

所以，你也要知道在紧要关头学会放弃，那“放弃”就是一种“自割”。

你甚至要学会，有一天碰到坏人绑架，当他们凌辱你、侵犯你，而你知道反抗没有用的时候，要忍耐。不要用言语、眼神激怒那些坏人，以便你能保住一条命。

因为只有你活着，才能把坏人指认出来；只有坏人被指认，才不会再有人受害。

孩子！“自割”是痛苦的，不到紧要关头，谁也不要自割。但是“自割”也是智慧的，只有衡量轻重，而且有大勇气的人，才能“自割”。

“自割”不是走向死亡，而是走向“重生”啊！

当家里失火的时候

当时不在家的父母，赶回去的时候，已经是一片熊熊的火光。做爸爸妈妈的想到孩子正在二楼睡觉，两个人发疯似的冲进去救，全死在了里面。

爸爸今天特别带你到前门，指着对面人家的石柱对你说："如果咱们家失火，你一逃出来，就要到这个石柱等着，千万别乱跑，也千万不要因为没见到爸爸妈妈，又冲进失火的房子里找。"

爸爸也在晚餐时，对家里的每个人说了一遍。

爸爸为什么要特别指定一个地方，叫大家在失火时集合呢？

因为爸爸在昨天的报纸上看到有一家失火，当时不在家的父母，赶回去的时候，已经是一片熊熊的火光。做爸爸妈妈的想到孩子正在二楼睡觉，两个人发疯似的冲进去救，全死在了里面。

他们哪儿知道孩子早逃了出来，正躲在后面的街角呢！

这个悲剧就是因为，他们家在事先没有指定一个集合的地点。我们甚至可以猜想：千百年来不知有多少家庭因为同样的原因，而造成同样的悲剧。

◎

对火，爸爸特别敏感。

因为爸爸小时候家里失火，爸爸冲过一片烈焰逃出来，连头发眉毛都烧掉了。

当时，爸爸只见眼前一片红、一团热，跑到院子中间，喊“失火了”，却怎么喊也喊不出声音。

幸亏那天奶奶不在家，如果她在，又没约好“集合点”，她说不定也会冲回火场。

◎

火场是很可怕的，因为火就像水，它会流动，它能偷偷沿着屋顶烧。当窗子被烧破，火苗得到了足够的氧气，则会突然爆炸。

所以失火的时候不能随便开门开窗，以免原来闷烧的小火苗一下子蹿大。

咱们家是平房，还好办，因为四处的窗子都能逃生。

但是当有一天，你在大楼里，发觉从门缝冒进浓烟，你就要小心了。在你开门察看之前，一定要先摸摸门把手，如果把手很烫，千万别开门，因为表示里面已经在闷烧，你一开门，就可能爆炸。

即使把手不烫，爸爸也建议你，蹲下来，慢慢打开门，免得有突然袭来的热气和黑烟。

当有浓烟时，你要把姿势放低，沿着墙边爬。因为烟轻，总在上方，你爬行的时候，比较不容易被呛着，到了没烟的地方则要飞奔。

但记住，不可坐电梯，因为“热感应”的电梯，常在失火的楼层开门，或由于停电而卡在半空。此外，如果你在一个有许多房间的大楼里，跑的时候，要一边跑，一边把背后的门关起来（不是锁起来，免得影响别人逃生）。因为这样能拖长火势的延烧，使你有较多的时间跑。

◎

安全梯应该是最好逃生的地方。这也是为什么每次旅行，爸爸一进旅馆房间，先会在门背后的“逃生地图”上找出“安全梯”位置的原因。

你总要设想：如果半夜失火了，完全没了电、没了灯，连安全梯的紧急灯都失灵了，我能不能靠摸的方法找到安全梯？

所以你要用最简单的方法，记住逃生的路线，譬如“出门左转，直走到底，左边就是安全门”。

但是安全梯也可能不安全，这是你必须知道的。

尤其当你到那些“寸土寸金”、法令又不周全的地方旅行，更要知道，他们为了利用空间，也可能因为人们没有“安全梯”的观念，常常不但在安全梯里堆东西，而且平时把安全梯的门开着。

如果你在一个大楼里，当更高的楼层失火，而且安全梯门开着，你还可以利用安全梯。但是当低楼层失火，那里的安全梯门又开着，你大概就不能走安全梯了。因为浓烟会由那里钻进去，往上蹿升，使上面每一层的人，都可能被熏死在里面。

所以进安全梯之前，一定要看看里面有没有浓烟。

浓烟是跑得很快的，而且地毯和塑料建材燃烧产生的烟有剧毒，你只要吸几口，就会晕倒。

除非你戴上防毒面具，或早早就准备了透明的塑料袋套在脸上，当然，用弄湿的毛巾、手帕，捂着鼻子，也有一点作用。

◎

这也是为什么爸爸每次住旅馆，晚上洗完澡，都不把浴缸水放掉的原因。不是爸爸没有好的生活习惯，而是由于那缸水很可能救命。

想想，先用毛毯泡进浴缸弄湿，再披在身上，不是可以挡一下火焰吗？

这世上有多少父母就是把孩子包在湿的毛巾、毛毯中冲出火场，那些父母常受了灼伤，甚至送了命，而他们的孩子却能毫发无伤。

当爸爸在旅馆，留下那缸水的时候，总想到那些伟大的父母。

当有一天真遇上失火，爸爸也会那么做。

所以，今天我特别叮嘱你：

“记得哟！逃出火场，立刻到对门人家的石柱下等着。免得爸爸妈妈以为你还在屋里，免得人间又发生一桩不该发生的悲剧……”

可怕的新老师

老师居然说就因为你们走得太近，总是黏在一块儿，所以不能分在一班。他还说每一年分班，都会特别把要好的孩子拆开来。

今天你从学校回来时神色不对，妈妈问你半天，你才支支吾吾地说，因为见到了下学期的新老师。

“她好凶，又好高。”你指了指厨房的门框，“比哥哥还高很多，差不多要碰到上面了。”停一下，又说，“但是我们不能问她多高哟！”

“为什么？”爸爸问。

“因为她会生气。凯莉的哥哥以前被她教过，说有个同学问她多高，她马上把脸板起来骂：‘怎么这么没礼貌？回去好好检讨一下。’她今天还吓我们，说她的班不好混，每个礼拜要写读书报告，要分组比赛拼字，还要看《儿童纽约时报》。今天已经发下一个单子。”你掏出一张印好的东西，上面写着下学期上课第一天要带的东西，果然密密麻麻一大堆。

“严一点好！”爸爸说。

“可是我好害怕。”你看了看爸爸和妈妈。

妈妈对你笑笑：“跟你哥哥小时候一样，一碰上重新分班和换新老师就害怕，可是上课没几天又好了。”

“是啊！”爸爸也想起来说，“那时候他上史蒂文森高中，第一天紧张得直拉肚子，说他一定跟不上。我们还要安慰他，先去读读看，如果实在难，就转回来，上附近的学校，但是没去几天，就适应了。”

◎

爸爸可以再告诉你个秘密，你哥哥连去哈佛之前，都紧张得要命，还是由爸爸妈妈送去的。

但是没多久，他却打电话回来说：“哈佛不怎么样！”

那时候，爸爸妈妈就放心了。因为当他觉得别人不见得比他强，老师也不见得伟大的时候，就表示他已经能跟得上，而且已经有了自信心。

现在你的心情不是跟哥哥当年一样吗？老师突然换人了，原来要好的同学不见了，你好像一下子得独自面对新的挑战。

换成爸爸，爸爸也会紧张的啊！

◎

要好的同学都被拆散了，当然也是令你伤心的原因之一。

但在幼稚园跟你最要好的玛丽奥，不是又跟你同一班了吗？

你记不记得，当小学一年级，她没跟你同班时，你还气得哭了呢！

后来妈妈特别去学校问老师，能不能把你们分在一起。老师居然说就因为你们走得太近，总黏在一块儿，所以不能分在一班。他还说每一年分班，都会特别把要好的孩子拆开来。

我们先不同意，后来才发现，你自从重新分班，英语就突然进步了。因为你不能再跟同一个女生，用你们习惯的那几句话交谈，而需要跟每一个新同学接触，适应大家的口音。

◎

亲爱的孩子！你要知道，将来你进入的社会，有着黑白黄棕各个种族，有着来自世界各地不同文化背景的人，你可能不断换新工作，不断交新朋友，不断有新老板，不断有新环境。

这跟你们学校年年重新分班、换新教室和新老师的道理不是一样吗?

你也要知道，换新老师对某些同学是有很大帮助的。

你不是听见彦君姐姐说了吗?她因为在高中三年都是同一位导师，那位老师不喜欢她，使她一直很痛苦。想想，如果她的学校也能年年换导师，对她不是好得多吗?

你会发现有些原来没有好朋友，又不被导师疼爱的同学，很可能当他“重新来过”的时候，就一下子交到好多朋友，又因为得到新老师的喜爱而功课进步了。

当然，也可能有些是上一个导师的“宠物”(teacher’s pet)，因为不懂得跟新老师相处，或自以为了不起，引起新老师反感，而不再是“班上的红人”。

这有什么错呢？本来我们就不可能得到每个人的掌声，将来你进入社会也是一样的，你不可能得到每位长官的青睐。

◎

说实在的，当爸爸知道你们学校分班的方法之后，真觉得他们在为学生创造一个未来的社会。

他们预定四年级有五个班，就要每个三年级的老师在这学期把班上孩子分成五组，每一组都有成绩最好和最烂的学生，而且把那些死党，分在不同组。

接着由校长抽签——

抽一个四年级的导师，再由三年级各班的每个组中，抽一组出来。

于是，新老师的班上一定有成绩最好，也有成绩最差的学生，每个孩子也一定在班上只有五分之一（包括自己）的同学是上学年同班的，而那些人又不会是他（或她）的死党。

没有人能托人情，希望自己的孩子分到哪一班。除非家长知道下学期哪位老师跟自己有亲戚关系或业务往来，或是“已经教过自己的小孩，又不喜欢那个孩子”，才能向学校要求“不要分到那老师的班上”。

你班上的 ××× 不就是因为她哥哥不喜欢某一位老师，而且家长跟那老师有过争执，而要求不把她分到那老师的班上吗？

这是因为学校怕家长和老师的成见影响到教学。

你说，学校不是什么都考虑到了吗？

◎

孩子！人生好像探险和寻宝，如果你每年接触的，都是一样的事、一样的人、一样的环境，就没意思了。

想想！暑假之后——

新老师、新同学、新书本、新教室、新学年……

那么多“新”等着你，多有意思啊！

☘ 你是豌豆公主吗?

我们知道你将来可能出去住校，可能面对不同的环境，我们希望你能有最大的弹性，适应各种的状况。

最近我们家的人，一下子变多了。

除了离开一年半的公公婆婆回来团聚，二姨、三姨也分别由台北和新加坡来到纽约，加上小姨出去度假，把两个孩子送来，使我们一下子成为十四口之家。

这真是你最兴奋的时候，爸爸可以从你的眼睛里，看到一种少有的光彩。你和表弟在院子里玩空竹，和二姨夫在地下室打乒乓球，和小表姐在公园游泳，而且学会了照顾小奶娃，抱着三姨不到一岁的娃娃走来走去。

当然，你也因此耽误了不少事，总听你抱怨弹琴时表弟跑去乱敲琴键；做功课的时候，表姐又拉你出去玩。你好像很矛盾，既舍不得不玩，又怕误了功课。

◎

昨天下午，大家要去游泳，你也显得很懊恼，要我们为你决定——去还是不去？

哥哥先说话了，说他小时候最痛恨的事，就是从窗户看出去，别的小朋友都在街上玩，自己却被逼着写中文。

“所以，妹妹应该去游泳。”哥哥说，“大家都去玩，她一个人做功课，多痛苦！”

妈妈想想，也说：“去吧！难得有个适合游泳的好天气，功课随时都可以做。”

于是，你去了游泳池。游了两个钟头才回来，直叫好过瘾。

◎

只是，你晚上的脾气变得特别急，爸爸听得出来，你不论拉小提琴或弹钢琴，都显得有些浮躁，当爸爸问你：“真弹完了吗？”你却说：“都练好了，已经没的练了。”只是晚上睡觉，你又对爸爸抱怨人太多，使你不能安心练。

现在爸爸就要问你了，过去你的功课好、音乐好，是因为我们家特别安静、人特别少，还是因为你特别用功，特别聪明？

如果人一多，你就垮了，是不是证明你过去比人强，只是因为环境好，而不是因为你自己努力？

◎

让爸爸说个故事给你听吧！

当爸爸小时候，就像你这个年纪，总代表学校出去参加演讲比赛。

训练爸爸的是一位姓裘的女老师，她不但教爸爸抑扬顿挫和各种手势，而且把爸爸带到一个特别的地方去练习。

你猜，那是什么地方？

那是学校的福利社。好多小朋友在那里买东西、吃东西，又叫又笑，爸爸却得站在他们当中，正经八百地演讲。

那裘老师为什么这样做呢？因为她怕爸爸怯场，怕爸爸在演讲时有一点吵就分心、忘掉演讲稿，所以存心带爸爸到那个吵闹的环境练习。

爸爸前两年回台湾，还去民生小学找那位女老师呢！爸爸要谢谢她，用那个方法教爸爸，使爸爸后来能在最吵闹的环境，仍然保持冷静。

◎

再说个故事。

爸爸以前当电视记者，采访完下午的新闻，常常和摄影记者冲回公司，已经接近播新闻的时候了。

办公室里一团乱，打电话的打电话，剪接影片的剪接影片，大家叫来叫去、跑来跑去。我却得马上摊开稿纸，写新闻稿。

爸爸能不写吗？爸爸又能叫大家静下来，让我写吗？

当然不能！

幸亏有小时候在福利社演讲的经验，爸爸居然很快就适应了。

如此说来，现在家里人多，不也正是你适应在喧闹环境工作的好机会吗?

◎

好孩子！晚上当你睡觉时，爸爸和妈妈看电视，常故意把门打开，让你听得到外面的声音。

我们也偶尔在你卧室开盏小灯，偶尔开盏大灯，又偶尔让它一片漆黑。

我们这样做是有目的的——

我们希望你不是豌豆公主，只因为厚厚的床褥子下放了一颗豌豆，而睡不好觉。

我们知道你将来可能出去住校，可能面对不同的环境，我们希望你能有最大的弹性，适应各种的状况，才不会像哥哥小时候，代表学校出去参加演讲比赛，因为睡不好而表现失常。

◎

写到这儿，爸爸听见你正演奏贝多芬的《给爱丽丝》。虽然表弟在地上爬，三姨和三姨夫在旁边逗小孩，奶奶和哥哥在高声说话，楼下又有乒乓球声传来，你却弹得好极了。

爸爸真高兴，因为今天在喧闹中，听到你宁静的情怀。

爸爸不能帮你

你要知道自己去想，自己去画。永远不要羡慕别人，看别人怎么做，就一下子放弃自己原有的点子。

爸爸从台湾回来，才进门，就听你抱怨自己参加的大颈区海报比赛不公平。

“好多同学都是哥哥姐姐帮忙画，还有爸爸妈妈帮忙的呢！”你气嘟嘟地跳坐到沙发上说。

“帮忙又怎么样？”我对你笑笑，“帮忙就会画得比较好吗？你不是很会画吗？”

“可是我不会设计颜色。同学有人帮忙的都画得好漂亮、好鲜艳哟！跟他们比，我怎么能得奖呢？”

“得奖又怎么样？”我再问你。

你一下子跳了起来，大声说：“得奖就有奖金。”

这时候你妈妈也过来说：“是啊！这次是自来水公司办的，叫小朋友以‘怎么省水’为题，设计海报，一共三个年级，每年级取两名，是有奖金的。”又安慰你，“你也画得很好啊！待在书房一下午，一点声音都没有，画了一张很不错的东西。”

“不好！不好！”你叫了起来，“妈妈都没认出来我画的洗澡盆，我一定不会得奖。”隔了好一阵，你又加了一句，“都怪爸爸不早几天回来。”

◎

这下子我懂了，原来你发脾气，是怪爸爸没早几天回来，帮你画海报。

那么，让爸爸告诉你一个故事吧——

爸爸从小也很喜欢画画，画那种跟你画的很像的，先用笔勾出轮廓，再加上一点颜色的画。

每一次小朋友的画画比赛，爸爸都去参加，可是从幼稚园到初中三年级，十一年间，爸爸没得过一次奖。

到现在，爸爸都清楚地记得，每次比赛成绩公布，爸爸站在布告栏前面，看别人得奖作品的感觉。大家颜色都画得好重，涂得好满，爸爸那时想：我不会这么画，看样子永远得不了奖了。

高中，爸爸终于去找老师学了画。居然才学三个月，就参加全省学生美展，而且还获得了高中组的第二名，连大学美术系的学生都输给了爸爸。

但是爸爸很心虚，一点没觉得真赢了，因为参加比赛的那张画是照着老师的画稿画的。

接着，爸爸得了肺病，休学在家养病。那时候，爸爸已经能临摹得很像、很漂亮，奶奶常把画拿去送朋友。可是，爸爸不愿意只是临摹，宁愿自己想、自己画。

你奶奶有一天很不高兴地说："你为什么不照老师的画？自己画得多难看！"

爸爸从来对奶奶都很有礼貌，那天却大声地顶撞她："我不要，我要画我自己的。"

回想起来，那时候爸爸真是画得很丑，好几次想放弃，回头照着书稿临摹，可是每次想起得到的奖状是抄袭得来的，爸爸又决心坚持到底。

隔了一年，爸爸居然再一次得奖，同样拿了第二名。

爸爸把奖状框起来，挂在墙上，愈看愈得意。为什么？因为那是我真正的胜利！

◎

现在，我要问你，你明明能自己画，却希望爸爸帮忙，就算帮你画好了，得了奖，你会觉得光荣吗？你不会跟爸爸那次一样心虚吗？而且，你要知道，真正的儿童画专家，他们一眼就能看出是不是小朋友自己画的。

好比幼稚园的小孩，如果画车子里坐着人，他们一定会画一整个人坐在那儿，而不是先画好车子，再在车窗里加人；他们画游泳池，也会把每个游泳的人的身体画出来，再涂水。

连你，画树的时候，不是都先画树干，好像一截粗粗的木桩子，再在顶上加些细细的小树枝，然后才画叶子吗？

如果幼稚园的小朋友，在大人的帮助下，画了不是他年龄能画的东西，专家当然一眼就看出来了。

你怎么不想想，很可能那些找人帮忙的同学，原来明明自己有很好的构想，只因为别人帮忙加了几笔，反而露马脚，失去了得奖的机会呢？

最重要的是，你要知道自己去想，自己去画。永远不要羡慕别人，看别人怎么做，就一下子放弃自己原有的点子。

你也要知道，画得好、写得好，都不难。经过勤苦练习，多半的人都能达到。但是真正成功的画家、作家，必然因为他们画出了、写出了跟别人不同的东西，一看就知道是他的作品，而且说出了他的心声，令人感动。

◎

当然，我知道你早就不怪爸爸没帮忙了。

因为今天在大家的掌声和记者镁光灯的闪亮中，你从自来水公司总裁的手里接到了奖状和五十块钱的奖金。

你也看到每个得奖小朋友的作品，都那么稚拙、天真，没有一点点大人帮忙的痕迹。

恭喜你得了第二名。

那是你真正的成绩，一点都不假。